KB074315

그럴수록 요리

그럴수록
요리

네코자와 에미 지음
최서희 옮김

언폴드

인생의 고비를 맞는 순간에도
특별할 것 없는 평범한 날에도
어김없이 배는 고파오고
내일은 분명 찾아온다.

요리하는 걸 좋아하는 사람은 "어머니가 요리를 잘하시나봐요"라는 말을 듣곤 한다. 나는 후쿠시마현 시라카와시의 작은 번화가에 있는 포목점에서 자랐다. 할머니와 엄마는 함께 기모노 가게를 운영했는데 이모할머니를 비롯해 친척이나 가게 직원들이 집에 자주 드나들었다. 어린 시절에는 '부엌 아주머니'라고 불렀던 가정부가 있었는데 요리는 모두 그 분이 만들어주었다.

홋카이도가 고향이었던 아주머니는 아버지가 아이누인*이라는 것을 늘 자랑스러워했다. 아주머니가 해주는 음식은 무척 맛있었는데 소고기 요리만은 우리 집 식탁에 오르는 일이 드물었다.

"어렸을 때 너무 많이 먹어서 싫어졌어."

아주머니는 이렇게 말하곤 했다. 그때의 영향인지 지금도 소고기는 내가 생각하는 주요 식재료 순위에서 하위권이다.

◆ 일본 홋카이도와 러시아 사할린, 쿠릴 열도 등지에 분포하는 소수 민족.

아주머니가 요리를 맡아서 해주었기에 할머니는 그 시대 사람 치고는 드물게 요리를 거의 하지 않았다. 가끔 요리할 마음이 들어 된장국이라도 만들면 언 두부는 물에 담가 부드럽게 녹여야 한다는 것을 몰라서 망치로 깨트려 크로켓과 함께 냄비에 넣는 전위적인 요리를 했다.

엄마는 아주머니가 은퇴하신 후에 요리 교실에 다녀서 요리를 어느 정도는 할 수 있었지만 애초에 요리하는 걸 그리 좋아하는 사람은 아니었다. 그래서 나는 아주 어렸을 때부터 '맛있는 것을 먹으려면 스스로 어떻게든 해야 한다'라는 사실을 깨닫고 직접 요리를 하기 시작했다.

그러니 다시 처음으로 돌아가, 어머니가 요리를 잘하겠다는 말에 대한 나의 대답은 '아니오'다. 나는 아주머니 덕분에 맛있는 음식을 먹는 기쁨의 씨앗을 얻었다. 지금은 돌아가셨지만 아주머니가 뿌려준 그 씨앗은 요리뿐 아니라 뜨개질이나 바느질 등 다방면에 걸쳐 남아있다. 특히 아주머니와 둘이서 대하 드라마를 자주 본 덕에 나는 이케나미 쇼타로 池波正太郎◆의 열렬한 팬이 되었고 음식에 대한 흥미도 가지게 되었다.

열여덟 살에 도쿄에 와서 스물여섯 살에 싱어송라이터 겸 퍼커셔니스트로 데뷔하고 나서도 생활이 여유로웠던 적은 거의 없었다. 그러니 나에게 자취는 당연한 일이었다. 자연스럽게 요리는 언제나 나와 함께였고 창작을 위한 최고의 기분 전환 거리다. 그런데 이렇게 책까지 출간하게 될 줄이야!

그렇다, 나는 셰프가 아니다. 하루하루를 더 잘 살아가기 위해 음식을 만드는, 여러분과 똑같은 생활 요리인이다. 이 책은 요리

◆ 일본의 대표 소설가. 그의 소설을 원작으로 영화, 드라마, 애니메이션이 다수 제작되었다.

뿐 아니라 50대를 맞이한 한 여성의 삶의 방식을 보여주는 책이기도 하다. 요리와 인생을 떼어놓기란 무척 어려운 일이다. 먹는 것은 곧 살아가는 것이니까. 이 책을 손에 든 당신도 평범한 일상이 얼마나 소중한지, 그런 일상을 충실히 살아가는 자신의 아름다움을 발견하고, 그로 인해 더욱 반짝이길 바란다.

네코자와 에미

차례

PART 7

인생을 더 멋지게 살아가기 위해
내일의 나를 위한 준비

나와 보내는 시간을 즐기자

혼자를 기념할 만한 날의 레시피

누군가와 함께 있으면 즐겁다.
하지만 막상 약속이 생기면 귀찮아진다.
외로움을 타면서도 혼자 있고 싶다.

인간은 그런 존재일지도 모른다.

친구가 있어 좋다고 생각하는 날이 있으면
친구 따위 필요 없다고 생각하는 날도 있다.
외로울 때 누군가와 긴 전화 통화를 하면서
과자를 아작아작 먹다가
'아, 왠지 시간 아깝네'라고 생각해버리는 나는
얼마나 모순덩어리인가.

내일은 제대로 식사를 만들자.

혼자는
외톨이 따위가 아니다

고양이 울음소리 같은 괭이갈매기 소리에 잠에서 깬다. 여기는 도쿄 스미다강 부근에 세워진 고층 아파트의 한 방이다. 바다와 멀지 않은 장소라 해가 뜨는 동시에 갈매기 무리가 부산스럽게 울기 시작한다. 천장에 매달아둔 양파 모양의 조명을 멍하니 바라보며 무엇을 먹을지 이것저것 떠올린다. 이런 맑은 날에는 베란다에 테이블을 꺼내놓고 소비뇽 멜론을 만들어 먹을까.

나는 눈을 뜨자마자 오늘 먹을 음식을 생각하지 않고는 못 배긴다. 내가 침대 위에서 뭉그적거리는 사이, 우리 집 고양이 세 마리가 아침 인사를 하러 온다. 진짜 고양이 울음소리와 함께.

서른여섯에 이 집을 샀다. 하지만 '나만의 성을 손에 넣었다'와 같은 꿈 같은 상황은 아니었다. 한때 남자친구와 유럽제 오토바이 수입회사를 운영하며 어깨에 힘을 주고 다니던 때도 있었지만 회사가 어려워지면서 집을 살 여력이 있을 때 꼭 사야 했기에 물러설 곳이 없는 선택이었다. 기울어가는 회사를 어떻게든 지키기 위해 10년은 살 작정이었던 파리도 떠나게 되었다.

너무나 사랑했던 파리의 거리에서 최대한 빨리 돌아오겠다고 마음먹으며 돌아섰던 나의 애달픈 여행길. 그리고 일본으로 귀국한 뒤 암담했던 나날들. 지금 생각하면 파리에서도 이곳 도쿄에서도 마음이 편치 않았다. 나는 내가 사는 두 거리 어느 곳도 가벼운 마음으로 바라볼 수 없었다.

회사를 정리하며 남자친구와의 관계도 소원해지던 와중에 병을 얻어 2년 연속 수술을 했다. 3년 정도 꼼짝도 하지 못하고 지내다 사랑하는 고양이 피키마저 무지개다리를 건넜다. 피키는 파리에서 함께 살다 일본으로 돌아온 고양이다.

당시 나는 건강도, 일도, 돈도, 사랑도 전부 잃었다. 마음속 칠흑 같은 호수에 가라앉아 있던 어느 날, 내 손이 호수 밑바닥에 닿았다고 느낀 순간, 현실 도피를 그만두었다. 더 이상 떨어질 곳이 없다는 선명하고 강렬한 체감은 도망이고 뭐고 이제 위로 올라가

야만 한다는 현실을 들이밀었다. 그러나 당시의 나는 비뚤어지고 교활한 생각에 사로잡혀 있었다. 현재 상황을 누군가의 탓으로 돌리고 문제와 제대로 마주하려는 올곧은 마음 따위는 예전에 잊어버린 것이다.

남자친구에게 이별을 고하고 칼럼 쓰는 일과 뮤지션 일을 계속하면서 미미했지만 안정된 수입을 위해 도시락 가게에서 일하기 시작했다. 친구들은 왜 내가 잘하는 일에 집중하지 않고 엉뚱한 일을 하느냐며 의아해했다. 하지만 마음속에 가지고 있던 보잘것없는 자존심과 남이 어떻게든 해줄 것이라는 무책임한 기대를 버리기 위해서는 손발을 움직여 일할 필요가 있었다. 어느새 너무 흔들려 존재조차 위태로워진 '인생의 축'을 되찾기 위해서였다. 서른둘에 파리에 갔을 때, 불필요한 것들을 센강에 다 흘려보냈다고 생각했는데 아직도 전부 버리지 못했나 보다.

30대 후반에 받은 두 번의 수술은 모두 자궁 관련 병 때문이었다. 아이를 낳을 적절한 시기는 파리와 도쿄를 오가며 내 인생을 쌓아올리는 데 썼다. 그래서 나이 오십에 들어선 나는 아이가 없는 혼자다.

지난 4년 동안 부모님도 돌아가셨다. 가끔 가족을 이룬 친구 집에 놀러 가서 따뜻한 공기를 접하면 솔직히 기분이 좋다. 하지

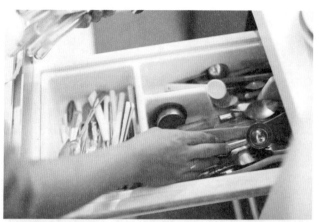

만 부럽지는 않다. 지금의 나는 '내가 한 모든 선택의 결과'라는 것을 알고 있기 때문이다. 물론 혼자 살면서 외롭다고 느끼는 날도 있다. 하지만 누군가와 내 인생을 비교하며 부러워하는 건 마치 '갈매기는 하늘을 날 수 있어서 좋겠다' 같은 공상을 하는 것과 다름없다.

처참한 인생을 벗어나려 도망치는 것을 그만두었을 무렵, 나는 내 몸과 건강을 위해 식생활을 바꾸었다. 사실 그때는 돈이 없어 살 수 있는 식자재도 한정되어 있었고, 무엇 하나 낭비하지 않으려고 여러 궁리를 하다 보니 결과적으로 나만의 다양한 레시피를 만들게 되었다.

재료를 손질하고 그 과정에서 나는 다양한 소리를 들으며 신선한 푸른 채소를 보기 좋게 데친다. 호두를 다지며 고소하고 포만감을 느낄 수 있는 크기는 어느 정도일까 생각한다. 내가 살아갈 수 있도록 매일 생명을 바치는 것들의 메시지를 느낄 때마다 이전에는 전혀 들리지 않던 내 목소리도 들리기 시작했다. 즐겁거나 괴롭거나 기쁘거나 슬프거나 그 목소리는 매일 어느 때든 아주 풍요로운 색을 띠고 오랫동안 거들떠보지 않았던 속내를 털어놓았다.

그때였다. 태어나 처음으로 나를 있는 그대로 사랑할 수 있었던 것은.

나는 도시락 가게 아르바이트를 그만두었다. 진심으로 나를 용서하고 밤낮없이 일하는 본업에 집중하기로 했다. 격무에 시달리던 시기를 잘 버텨낼 수 있도록 지탱해준 것은 매일 직접 만든 한 끼 식사였다.

일하고 돈을 벌고 신중하게 돈을 쓰면서 지출에 대한 공포(나는 경영 실패와 금전 감각 없는 자신에 대한 콤플렉스로 아주 오랫동안 돈이라는 존재를 두려워했다)를 극복해 풍요로운 인생을 살기 위해 나를 위한 올바른 투자를 시작했다. 한 번에 다 쓰지 않는 소금, 설탕, 향신료 등 기본 조미료는 다소 비싸더라도 품질이 좋은 것으로 샀고 음식뿐만 아니라 피부에 직접 닿는 것도 최대한 좋은 것을 사려고 했다.

돈을 바르게 쓰는 방법이 절약만은 아니다. 한정된 돈으로 소비할 때는 매번 머릿속에서 진지한 대결이 벌어진다. 그런 순간은 늘 내게 사물의 진가를 확인시켜주는 스승이었다.

그렇게 삶의 태도를 정돈하니 내 주변에도 변화가 생겼다. 전에는 상상도 못 했던 옛 남자친구와 좋은 친구 관계를 회복했고, 곤경에 빠진 사람의 이야기를 들어줄 수 있을 만큼의 경험치와 얄팍하지 않은 마음 기댈 곳도 얻었다.

모든 것은 내가 혼자 서있을 수 있었기 때문이다. 소중한 사람들을 행복하게 해주고 싶다면 먼저 나부터 성장해야 한다. 이는 이기주의도 무엇도 아닌 최선의 길이다. 마치 가지가 휘어질 정도로 열매가 가득 열린 큰 나무가 열매를 떨어뜨려 행복을 나누는 것처럼 말이다.

　더는 누구를 먹여 살릴 일 없는 자유 속에서 나는 매일 내가 먹을 것을 즐겁게 만든다. 갓 삶은 뜨거운 감자 껍질을 물에 손가락을 살짝 담궈가며 벗긴다. 감자의 열로 숨이 죽은 양파의 풍부한 향을 음미하며 재빨리 버터를 섞는다. 나는 이런 평범하고 간소한 생활의 반복이 얼마나 큰 행복인지 알고 있다. 그리고 다시는 마음속 깊은 호수의 밑바닥까지 내려가지 않기로 결심했다.

　나를 둘러싼 모든 것이 하찮다고 생각했던 어두운 시간 동안에는 물건도, 거리도, 다른 사람의 배려도, 나 자신도 무엇 하나 사랑이 없었다.

　아침 해가 뜨고 괭이갈매기가 우는, 사랑하는 고양이 세 마리가 평온하게 누워있는 이 집에서 나는 오늘도 부엌에 선다. 혼자라고 대충 만들지 않고 익숙한 솜씨로 채소를 튀겨 차례로 절임물에 넣는다.

　이렇게 제대로 1인분을 만들 수 있다면 분명 그 이상도 능숙하게 해낼 수 있다. 혼자서 즐겁고 맛있게 먹을 수 있다면 둘 이상이 되어도 분명 즐겁고 맛있게 먹을 수 있을 것이다.

혼자는 외톨이가 아니다. 나 자신과 단둘이 있는 것이다. 그리고 그런 순간을 온전히 사랑할 수 있을 때, 혼자 보내는 시간은 바깥세상과 이어져 새로운 문을 열 것이다.

호두와 쑥갓을 곁들인 **안초비 감자샐러드**

반찬이나 술안주로도 손색없고 모두가 좋아하는 메뉴인 감자샐러드. 이렇게 살짝 멋을 낸 버전은 파티의 전채요리로도 안성맞춤이다. 뜨거운 감자의 남은 열기가 아삭함이 살아있는 양파와 쑥갓에 적당한 열을 가해 포근한 향기가 피어오른다. 거기다 안초비의 감칠맛과 호두의 고소함이 더해지면 어떤 술과도 잘 어울린다.

감자는 부드러워질 때까지 확실히 삶아 매쉬드 포테이토에 가까운 식감으로 완성하는 것이 내 취향이다. 겨울에는 가볍게 삶은 백합 뿌리를 마지막에 섞으면 좋은 포인트가 된다. 잔뜩 만들었다가 남으면 다음 날 둥글게 빚어 크로켓을 만들어 먹어보길 추천한다. 도시락에 크로켓이 들어있으면 조금 기쁘니까.

....

재료(2~3인분)

감자 중간 크기 3개(400g 정도)
양파 1/4개
쑥갓 1줄기
무염버터 2큰술
소금 3/4작은술
안초비(필레) 2장 분량
안초비를 절여둔 오일 1작은술
호두 20g
마요네즈 2큰술
플레인 요거트 2큰술
백후추 약간

만드는 법

1 양파는 얇게 썰고 쑥갓은 길이 3cm 정도로 자른다. 호두는 칼로 굵게 다지고 안초비는 잘게 자른다.

2 감자가 잠길 만큼 물을 넣고 껍질째 30분 정도 삶는다. 다 익으면 포크로 찔러서 뜨거울 때 껍질을 벗긴다.

3 볼에 껍질을 벗긴 감자를 넣고 가볍게 으깬다. 감자가 아직 뜨거울 때 먼저 양파와 쑥갓을 넣어 섞고 버터, 소금, 안초비와 안초비 오일을 재빨리 섞는다.

4 마지막으로 호두, 마요네즈, 요거트, 백후추를 넣고 잘 섞으면 완성!

달큰한 와인과 멜론의 만남, 소비뇽 멜론

멜론이 저렴한 여름의 파리에서 만든 대담한 메뉴. 인색하게 멜론을 8등분하지 않고 혼자 마음껏 먹고 싶은 먹보 근성이 만들어냈다. 화이트 와인인 소비뇽 블랑이 멜론과 잘 어울린다. 멜론의 과즙이 와인 향기와 어우러져 식전주다운 맛의 변화도 놀랍고, 과육과 와인을 스푼으로 함께 건져 올리면서 가끔 생햄을 곁들여 먹어도 최고의 맛을 맛볼 수 있다.
멜론 속을 도려낼 때마다 홈이 커져서 그때마다 따르는 와인의 양도 늘어나는 매우 위험한 음식이기도 하다. 정신없이 먹다보면 혼자 와인 한 병을 비우는 일도 자주 있으니 모쪼록 과음하지 않도록 주의하자! 민트를 좋아한다면 조금 추가해서 멜론과 함께 먹어도 좋다.

....

재료(2인분)
멜론 1개   민트 잎 1줄기
소비뇽 블랑 1병   생햄 좋아하는 만큼

만드는 법

1 멜론을 가로로 반을 자르고 바닥이 되는 부분이 평평해지도록 조금 잘라낸다. 너무 자르면 구멍이 뚫려 모처럼 준비한 와인이 샐 수 있으니 주의하자.

2 멜론 씨를 제거하고 접시에 올려 준비한다.

3 바람이 잘 통하는 곳에 테이블을 두고 멜론을 올려놓은 접시 주변에 와인, 민트, 생햄을 놓는다. 휴대용 스피커 등으로 음악을 틀어놓으면 더 좋다.

4 멜론 씨를 뺀 부분에 와인을 붓고 민트 잎을 띄워서 스푼으로 함께 떠먹는다. 그리고 가끔 생햄도 함께 먹는다.

5 와인이 사라지면 또 붓기를 반복하며 거나하게 취할 때까지 계속한다.

레몬그라스와 산후추 향을 더한 **채소튀김 절임**

나는 상큼한 향에 사족을 못 쓴다. 레몬그라스, 카피르 라임 잎, 카다멈 등을 상비하고 있고 요리 장르에 구애받지 않고 넣는다. 최근에 주목받는 대만의 향신료 '산후추'는 얼핏 일반 후추처럼 보이지만 매운맛이 없고 감귤류 향이 나는 것이 특징이다. 갈거나 으깨서 만두소에 넣으면 상큼한 향이 더해져 최고다! 소면 요리의 탁월한 조연 역할을 하는 채소튀김 절임을 만들 때도 산후추를 절임물에 몇 개 넣어두면 상큼한 향이 더해져 젓가락을 쉴 새 없이 움직이게 된다.

여름 채소로 만들면 풍부한 색감이 식욕을 돋우고 가을, 겨울에는 호박이나 고구마, 연근, 백합 뿌리 등의 뿌리채소, 밤, 은행을 넣어 만들면 진한 풍미를 느낄 수 있다. 오쿠라나 깍지완두 등 일 년 내내 구하기 쉬운 어떤 채소와도 잘 어우러진다는 점이 이 요리의 장점이다.

재료(4인분)

A   가지 2개
     깍지완두 12개
     여주 1/2개
     주키니호박 1/2개
     파프리카 1/2개
     호박(씨를 제거하고 3cm 두께의 아치
     모양으로 자른 것) 1개

양하(생강순) 4개
방울토마토 4개
옥수수 1/2개
카놀라유 1L

물 600cc
카야노야 육수 野乃家だし (구운 날치)◆ 3팩

B   간장 4큰술
     소금 1/2작은술
     사탕수수 설탕 3큰술
     얇게 썬 생강 3장
     레몬그라스 3~4개
     (말린 짧은 레몬그라스라면 6~7개)
     가볍게 두드려 깨트린 산후추 5g

◆ 구바라혼케久原本家라는 브랜드에서 판매하는 일본식 만능 육수. 구운 날치, 가다랑어포, 눈퉁멸, 참다시마의 풍미를 균형 있게 끌어낸 육수다.

만드는 법

1 A의 채소는 먹기 좋은 크기로 자른다. 가지는 물에 씻은 후 키친타월로 물기를 닦는다. 양하는 뿌리에 세로로 가볍게 칼집을 낸다. 방울토마토는 이쑤시개 등으로 몇 군데 구멍을 뚫는다. 옥수수는 3cm 폭으로 자르고 나서 세로로 반을 가른다.

2 냄비에 물과 육수 팩을 넣고 팔팔 끓인다. 충분히 육수가 우러나오면 육수 팩을 건져낸다. B를 넣고 다시 가볍게 끓으면 불을 끈다.

3 기름을 150℃로 달궈서 1의 깍지완두, 여주, 주키니호박 등의 푸른색 채소부터 살짝 튀긴다. 껍질이 터지는 방울토마토, 익는 데 시간이 오래 걸리는 가지는 기름이 더러워지기 쉬우므로 가장 마지막에 튀긴다. 옥수수도 온도를 150℃로 유지해서 튀긴다. 옥수수알이 살짝 벌어지면 OK. 온도가 높아지면 옥수수알이 터져서 위험하므로 주의하자.

4 튀긴 채소는 키친타월로 기름기를 제거한 뒤, 뜨거울 때 2의 절임물에 담그면 깔끔하게 완성된다. 냉장고에 3~4시간 넣어두었다가 먹는다.

PART 2

지치고 힘든 날에는
맛있는 음식을 먹자

아주 보통의 날을 위한 레시피

엄습해오는 하루하루의 압박감.

그거 안 했어, 이거 아직이었네.
방도 엉망진창이다.

이런 날엔 고질병인지 뭔지로
몸 어딘가가 아프기도 한다.
최고의 컨디션 같은 건
일 년에 며칠이나 있는지 모르겠다.

몸도 마음도 내맘대로 되지 않을 때는
굳이 부엌에 선다.
그러면 조금 전까지 심각했던 일이
딱히 그렇지도 않다는 것을 깨닫는다.
콧노래를 부르며 정성스럽게 커피를 내린다.
뭐야, 정말 괜찮잖아.

언제나 나를 지켜봐주는
또 하나의 내가 있다

나는 사진 찍는 것을 좋아한다. 스마트폰으로 찰칵찰칵 찍을 뿐이지만 내 눈으로 본 풍경과 다르게 찍힌 사진 속 풍경을 비교해보는 게 재미있다. 베란다에서 매일 보는 50층 아파트는 사실 똑바로 서있는데도 렌즈의 각도와 뒤틀림 때문에 사진에서는 피사의 사탑만큼 기울어져 있다.

'아, 이런 식으로 심하게 일그러져 보일 때가 있구나.'

문자 메시지 한 통이, 답변 한마디가 유난히 신랄하게 느껴지는 날이 있다. 하지만 조금 냉정하게 생각해보면 대체로 내 컨디션이 좋지 않아서 마음의 렌즈가 일그러져 있을 뿐이다.

말은 인간만이 가진, 생각과 의사를 명확하게 전달할 수 있는 커뮤니케이션 도구지만 사용하는 사람의 마음이나 몸 상태에 따라서 어떤 식으로든 다르게 해석될 수 있다는 신기한 측면을 가지고 있다. 상대방은 그럴 생각으로 말한 게 아닌데 받아들이는 쪽의 마음가짐이 어땠느냐에 따라서 '그럴 생각'으로 변하기도 한다.

젊은 시절의 나는 그런 판독 오류 때문에 무익한 다툼을 자초하곤 했다. 물론 반대의 경우도 마찬가지다. 그럴 때는 내맘대로 상대방의 의도를 해석해 실수를 범했던 자신을 떠올리며 대범하게 상대방을 용서하지 않으면 관계가 악화되고 만다.

나와 타인이라는, 사람과 사람 사이에서 일어나는 복잡한 일뿐만 아니라 내 마음에서도 판독 오류가 일어난다. 원인은 주로 '나는 100퍼센트 나의 소유물이다'라는 생각 때문이다.

나는 마흔일곱 살에 심각한 경추 추간판 탈출증 수술을 했다. 그때부터 내 척수는 기압이 낮은 날이면 잘못된 신호를 반복해서 보낸다. 아침에 눈을 뜨면 몸 여기저기에서 통증을 느낀다. 실제로는 그 부위에 아무런 문제가 없다. 다친 신경이 멋대로 신호를 보내는 것이다. 기압이 내려가면 기상청 관측보다 내 몸이 훨씬 빨리 감지한다. 진통제에 의지하는 것도 한계가 있어서 이제는 이 몸에 익숙해지는 것 말고는 달리 방법이 없다. 그러나 나도 인간이기에 수시로 찾아오는 고통에 진저리를 치거나 절망에 빠져 모든 걸 포기하고 싶어질 때도 있다.

그럴 때 불쑥 또 하나의 내가 나타난다. 아프고 부정적인 감정에 금방이라도 휩쓸려버릴 것 같은 나를 향해 웃으며 '자, 우선 뭔가 만들어 먹는 건 어때?'라고 말한다. 그러면 나는 '응, 그렇네. 달걀말이 정도라면' 하고 식빵을 토스터에 넣고 맛국물을 넣은 달콤한 달걀 샌드위치를 만든다. 흐린 하늘을 멍하니 바라보면서 따끈따끈한 샌드위치를 먹고 있으면 기분도 통증도 훨씬 누그러진다.

또 한 명의 나는 '스스로 나를 지켜보는 시선'이다. 어떤 상황에서도 자신에게서 눈을 돌리거나 하찮은 감상주의에 빠져 하루하루를 소홀히 하지 않도록 감시한다. 하지만 감시 방법은 그리 엄격하지 않다. 때때로 내 기분을 존중하며 아무렇지 않은 듯 넌지시 조언을 해주는 꽤 배려심이 있는 좋은 녀석이다. 그래, 나는 나만의 소유물이 아니라 또 한 명의 나와 언제나 자잘한 대화 끝에 결정을 내리며 살고 있는 것이다.

또 한 명의 나는 거듭된 위기와 고비를 넘으며 얻은 인생 최고의 친구일지도 모른다. 젊었을 때 '나는 100퍼센트 나의 것'이라는 허술하고 궁상스러운 생각에 사로잡혀 있었다. 몸을 아무리 혹사해도 마음이 아무리 무뎌져도 버텨야 하는 중요한 시기에는

내 상태에 대해 알면서도 쉽게 눈을 돌렸다. 이런 상황이 반복되면 몸과 마음은 거짓말을 하기 시작한다. 어차피 진실을 들어줄리 없다고 포기하고 즉흥적으로 말하기 시작하는 것이다.

과거의 나는 몸을 추스리기 위한 최소한의 잠도 충분히 자지 않고 식사도 대충 했으며 내 주변이나 집 정리에 이르기까지 온갖 것이 엉성하기 짝이 없었다. 그 무렵에 만든 바닥의 흠집이나 더러워진 벽을 볼 때마다 안타깝다.

'지켜보는 나'는 나르시시즘이나 인정받고 싶은 욕구와는 정반대에 있는, 아주 냉정한 자기 파악법이다. 자신을 비하하거나 과하게 평가하지도 않는다. 잔잔한 수면처럼 모든 것을 비추는 순수함으로 이루어진 거울이다. 이 거울을 마주하면 발가벗겨진다. 약점이나 장점까지 빠짐없이 그때의 자신을 보여준다. 삐뚤어진 자기애 같은 건 들어올 여지도 없이 매번 부족한 자신을 바라보며 웃게 된다.

그래도 역시 몸과 마음이 궁지에 몰리면 마음은 술렁이고 행동도 흐트러지기 마련이다. 고지식하고 완벽주의를 추구하는 면이 있는 나는 그렇게 하지 못하는 자신을 필요 이상으로 몰아붙인다. 그럴 때 마음이 움츠러들어서 시야가 확 좁아지고 만다. 그래서 1초도 허투루 쓸 수 없다는 초조한 마음을 억누르며 굳이 부엌에 서는 것이다.

머리를 비우고 양배추를 숭덩숭덩 썰어서 냄비에 꾹꾹 눌러 담는다. 수면 부족으로 눈을 게슴츠레하게 뜬 채로 수프를 만들다 요리하기를 좋아했던 작가 단 가즈오檀一雄의 요리 에세이 《단 가즈오식 쿠킹檀流クッキング》의 통쾌한 레시피가 떠올랐다.

"이런 건 적당히 집어넣으면 돼요."

그래, 이 말대로다. 항상 완벽하지 않아도 된다. 만들 시간이 없다고 제대로 먹지 않으면 몸은 쇠약해지고 마음도 덩달아 휩쓸리고 만다. 마음이 잔뜩 움츠러든 나와 함께 있는 사람은 그 모습을 지켜보기 더 힘들 것이다.

타인에게 어리광을 부리는 것은 어린애 같아서 꼴불견이라고 생각한다. 이럴 때야말로 별다른 노력 없이 간단히 요리할 수 있는 음식이라도 제대로 만들어 먹고 활짝 웃는 얼굴로 서있고 싶다. 그리고 이러한 곤경에 처했을 때야말로 자신을 쓸데없이 몰아붙이지 않고 건강하게 극복할 수 있는지 확인해볼 절호의 기회다.

대략적인 하루 시간표를 만들어서 일과 가사, 잡무로 나눠 하나씩 해결하자. 이렇게 작은 성취감을 얻는 방식은 상당히 효과가 있어 초조한 마음을 구체적으로 진정시켜준다. 그리고 약간의

휴식 시간에는 현재 상태와 완전히 분리해 오로지 즐기는 데에만 집중한다.

맛있는 차나 과자가 있다면 최고. 친구와 밥을 먹거나 기분을 전환하기 위해 시간을 쓰는 것에 대해 죄책감을 느끼는 건 당치도 않다. 그런 여유도 없이 24시간 싸울 수 있는 사람은 이 세상 어디에도 없다.

재미있게도 아무 말도 나오지 않을 만큼 지치고 힘들 때, 친구들에게 SOS가 날아든다. 게다가 지금 이야기를 들어주지 않으면 아무 의미도 없는, 상대방도 꽤나 궁지에 몰린 상황일 때가 많다. 그럴 때 나는 내 힘 주머니를 탈탈 털어서 바닥 쪽에 약간 남아있는 부서진 쿠키 조각 같은 에너지를 긁어모아 친구를 격려하기로 한다. 그러면 신기하게도 자가발전 장치가 작동해서 새로운 힘이 솟아오른다. 에너지를 쓰는 것을 아까워하지 말고 줄 수 있는 것을 전부 줘야 자기 자신도 새로운 에너지로 다시 채울 수 있다.

늦은 밤, 상처받은 친구가 집으로 찾아온다.

'뭐, 시간 같은 건 어떻게든 늘어나고 줄어드는 거야.'

친구를 보며 나는 살짝 미소 짓는다. 타임과 세이지를 잘게 썰어넣고 고기를 둥글게 말아 술지게미 스튜를 만들까? 로즈메리도 한 줄기 띄우자. 스트레스도 낮춰주고 피로가 풀릴 것이다.

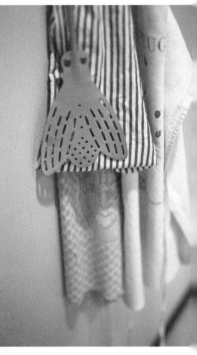

울고 있던 친구가 뜨끈한 스튜를 먹다 화장지로 코를 풀면서 "맛있네" 하고 웃는다. 나도 같은 미소로 같은 스튜를 먹는다. 몸 속 깊숙한 곳에 있는 샘에서 방금 솟아오르기 시작한 새로운 에너지의 메아리를 듣고 있는 것은 나와 또 하나의 나다.

김을 넣은 달걀 샌드위치

만약 카페를 연다면 주메뉴로 팔고 싶어 만든 요리다. 사실 달걀 요리는 기준이 없어서 오히려 만들기 어렵다. 하지만 샌드위치로 만들 거니까 다소 찢어지거나 모양이 무너져도 신경 쓰지 말자. 집에서 바로 먹을 때는 부드럽게, 도시락용은 확실하게 익히는 것이 좋다. 달걀에 들어가는 육수는 리켄 사의 가다랑어포 육수가 최고다.

김은 두 장을 끼워보기도 하고 이런저런 방법을 시도해봤지만 한 장이 가장 적당하다. 요리를 하다 보면 더 이상 불필요한 일을 하지 않아야 더 맛있는 경우가 있다. 덧셈이 아니라 뺄셈! 음~ 맛있다!

재료(1인분)

식빵 2장   물 1작은술

달걀 1개   마요네즈 1~2큰술

소금 약간   김 1/4장

사탕수수 설탕 1작은술   흑후추 약간

가다랑어포 육수 1/2봉지   참기름 적당히

만드는 법

1 식빵은 토스터에 넣어 굽고 달걀은 미리 냉장고에서 꺼내둔다.

2 작은 그릇에 소금, 사탕수수 설탕, 가다랑어포 육수와 물을 넣고 섞는다. 거기에 달걀을 풀어서 달걀물을 만든다.

3 구운 식빵 양쪽에 마요네즈를 바르고, 한 장에는 후추를 뿌리고 다른 한 장에는 김을 얹는다.

4 프라이팬에 참기름을 두르고 잘 달궈지면 달걀물을 붓는다(네모난 프라이팬을 사용하면 편하다). 처음은 젓가락으로 스크램블 에그를 만들 듯이 휘젓는다. 전체가 단단해지기 시작하면 사각형으로 모양을 잡고 표면이 반숙으로 익었을 때 후추를 뿌린 빵 위에 살짝 얹는다. 달걀은 뒤집지 않아도 된다.

5 김을 올린 빵을 그 위에 덮고 반으로 자르면 완성!

양배추를 듬뿍 넣고 끓인 **양배추 수프**

이 수프는 더는 아무것도 못할 것 같은 한계 상태일 때도 손쉽게 만들 수 있다. 어느 집에나 있는 작은 냄비에 양배추를 꽉꽉 채우고 양배추 틈 사이에 물과 그 외의 재료를 전부 넣고 끓이기만 하면 된다.

아무래도 바쁠 때는 인스턴트 식품에 손이 가기 마련인데 이런 때일수록 채소를 섭취해야 한다. 그래야 몸 상태가 달라진다고 생각한다. 스트레스 때문에 탈이 나기 쉬운 위장에도 양배추에 들어있는 비타민 U(별명 캐버진. 맞다. 어느 약 이름이다)가 위의 손상을 최소한으로 억제해준다. 그리고 이럴 때는 완벽을 추구하면 안 된다. 어쨌든 먹으면 된다는 마음으로 부담없이 만들어보자. 제대로 맛있게 완성될 테니까.

재료(만들기 쉬운 분량)

양배추 중간 크기 1/4개
양파 1/4개
당근 1/4개
카야노야 채소 육수 1과 1/2봉지
소금 1/4작은술
월계수 잎 1장
물 600cc
소시지 3~4개
백후추 약간

만드는 법

1 양파는 얇게 썰고 당근은 껍질을 벗겨서 5mm 두께로 둥글게 썬다. 양배추는 1/4을 다시 반으로 자른다. 작은 냄비에 소시지와 백후추 이외의 재료를 전부 꽉꽉 채워 넣고 중약불에서 10분 정도 끓인다.

2 소시지를 넣고 5분 정도 데우면 완성! 백후추를 뿌려서 먹는다.

술지게미를 더한 **토마토 허브 미트볼 스튜**

나는 일 년 내내 냉동실에 술지게미를 채워둔다. 된장국을 만들 때도 한 두 순갈 넣어서 '된장 술지게미국'을 만든다. 에도 시대에 여름 자양강장 제로 단술을 마셨다는 이야기는 꽤 유명한데, 실제로 피로를 푸는 데 도움이 된다. 그렇다면 동서양의 테두리를 뛰어넘어서 술지게미를 스튜에 넣어도 좋지 않을까 하는 생각에 이 요리를 만들었다. 술지게미를 넣으면 풍부한 감칠맛이 나서 염분을 줄일 수 있다는 장점도 있다.

'허브 미트볼 같은 건 못 만들어!'라는 생각이 들더라도 포기하지 말고 껍질을 벗긴 닭다리 살을 한입 크기로 잘라서 넣자. 자투리 돼지고기를 잘라서 넣어도 괜찮다. 그럴 때는 허브를 수프에 넣으면 된다. 허브를 사용하는 게 익숙하지 않은 초보자에게도 추천하는 메뉴다.

....

재료(2~3인분)

A 양배추 1/8개
　　양파 1/2개
　　새송이버섯 1/3개
　　가지 1개
　　주키니호박 1/2개
　　호박(씨를 제거하고 3cm 폭의 아치 모양으로 자른 것) 1개

다진 마늘 1/2쪽
홀 토마토 1/2캔
카야노야 채소 육수(콩소메도 가능) 1과 1/2봉지
화이트 와인 20cc
물 600cc
술지게미 2큰술
월계수 잎 1장
로즈메리 1줄기

B 다진 닭고기 150g
　　다진 양파 1/6개 분량
　　다진 생강 1큰술
　　다진 마늘 얇게 썬 4장 분량
　　빵가루 1~2큰술
　　우유나 두유 1~2큰술
　　소금, 백후추 각각 약간
　　타임 잎 2~3장(말린 것이나 분말도 가능)
　　세이지 잘게 다진 것 4장 분량(타임 잎과 동일)

만드는 법

1 A는 전부 먹기 좋은 크기로 썬다.

2 냄비에 1과 다진 마늘, 채소 육수, 화이트 와인, 물, 월계수 잎을 넣고 10분 정도 끓이다 토마토를 손으로 으깨면서 넣고 5분 정도 더 끓인다.

3 B를 전부 볼에 넣고 잘 섞어 허브 미트볼을 만든다. 숟가락으로 둥글게 빚으면서 2의 냄비에 넣는다.

4 볼에 수프를 한 국자 가득 떠서 넣고 술지게미를 녹인 뒤 냄비에 다시 붓는다. 로즈메리를 올려서 향긋한 향이 나면 완성!

PART 3

기분 좋게 놓으면
기분 좋게 돌아온다

조금 보통의 날을 위한 레시피

무언가를 가져야 안심이 되는 건
인간의 본성이다.
그러나 문득 깨닫고 보니
소유한 것들에 매여있는 내가 있다.

뭐지, 이 불필요한 물건의 산은!
단사리*를 하면 가슴이 후련해지는 것은
자신을 속박하고 있던 것으로부터의 해방감이겠지.

사람도 물건도 하늘로 멀리 던져버리자.
그중에 진짜 소중한 것만이
언젠가 아름다운 포물선을 그리며 돌아온다.

◆ 불필요한 것을 끊고斷, 버리고捨, 집착에서 벗어나는離 것을 지향하는 정리법.

안녕은
이별의 말이 아니다

나의 아침은 항상 늦다. 오전 9시쯤 일어난다. 내가 운영하고 있는 프랑스어 교실 '냥프라'는 평일엔 밤 10시가 되어서야 끝난다. 집에 와서 저녁밥을 만들어 먹고 이것저것 하면 아무리 빨라도 새벽 2시를 넘기고서야 잠자리에 든다.

아침에 일어나 가장 먼저 하는 일은 고양이들 밥 주기, 고양이 화장실 청소 등 고양이와 관련된 일과들이다. 고양이들은 나의 소중한 가족이자 공동 생활자이므로 이 일을 게을리할 수 없다. 그러고는 겨우 내가 먹을 아침 식사 준비를 한다.

아침밥을 먹는 시간이 늦으니 아침 겸 점심용 브런치다. 그런

까닭에 아침 식사치고는 꽤 제대로 된 메뉴를 만들 때가 많다. 베샤멜 소스는 많이 만들어서 100그램씩 소분해 냉동해두면 필요할 때 해동해서 바로 사용할 수 있는데 특히 크로크마담을 빠르게 만들 수 있다. 빵 사이에 햄이나 소시지를 끼우고 위에 베샤멜 소스와 치즈를 듬뿍 올려 오븐에서 노릇노릇하게 굽는다. 치즈의 고소한 향이 온 집에 감돌면 파리의 서민적인 비스트로 카페가 생각난다.

40대 중반에 인생 처음으로 누군가를 가르치는 일을 시작했다. 이제까지는 한정된 특수 분야에서 일을 해왔기에 교류하는 사람도 그곳에서 일하는 크리에이터들이 대부분이었다. '냥프라'를 시작하고 나서는 나이대가 다른 다양한 업종의 학생들을 만나게 되었다. 다른 업종에 몸담은 그들에게 배우는 바깥세상은 좁은 내 시야를 활짝 열어주었다.

하지만 냥프라를 막 시작했을 무렵에는 정말 힘들었다. 어떻게 해도 학생 한 명 한 명에게 과하게 감정을 이입해서 학생과 교사의 선을 넘어 과하게 개입하는 일이 자주 있었다.

새로운 언어를 배우는 것은 끈기가 필요하기에 학생과 교사의 관계는 장거리 달리기 주자와 페이스메이커의 관계와 비슷하다. 그러므로 서로가 일정한 간격을 두고 달리지 않으면 계속할 수

없다. 거기에는 각자의 영역에 발을 딛지 않는 선이 필요하다. 이 때의 선 긋기는 서로를 존중하기 위해서이지 결코 냉정하다거나 무례한 태도는 아니다.

어른이 되고 나서 하는 공부는 시간과의 싸움이어서 어쩔 수 없이 포기하는 학생들도 많다. 이 일을 시작하고 2년 정도 지났을 무렵에 누군가를 가르치는 일이란 만남과 이별의 전문가가 되어야 하는 일이라는 것을 깨달았다.

교사와 학생이라는 관계뿐만 아니라 만난 사람들 대부분이 언젠가는 헤어진다. 특별한 인연으로 만났더라도 그 인연이 깊어질지 어떻게 발전할지는 사귀어보지 않으면 알 수 없다. 마치 사랑에 빠진 것처럼 관계를 너무 서두르면 끝이 빨리 오는 건 마찬가지다. 상대의 진짜 사람 됨됨이를 알아보려면 시간이 걸린다. 그리고 마음을 여는 속도도 사람에 따라 다른데 그 속도를 무시하고 마구 뛰어들면 모처럼 열리던 마음이 금세 닫혀버리기도 한다.

인간은 모두 '평생의 ○○'이라는 존재를 원한다. 이제 다시 고독해지지 않겠다는 확실한 약속이 있다면 얼마나 안심이 될까. 하지만 인간은 변한다. 그 사실을 부정적으로 받아들이면 안 된다고 생각한다.

나는 '냥프라'를 떠나는 학생들을 매번 기분 좋게 배웅하려고
한다. 결혼이나 출산으로 인생의 전환점을 맞이한 학생이 있는가
하면 새로운 배움의 방식이나 선생님을 찾아서 떠나거나 프랑스
로 유학을 가기 위해 여행을 가는 학생도 있었다.

사실 내가 없다고 프랑스어를 못 하는 학생은 한 명도 없다.
나는 그렇게까지 완벽한 선생님이 아니며 솔직히 이야기하면 세
상 어디를 찾아봐도 완벽한 선생님은 있을 수 없다. 자신의 성장
속도에 맞춰 가장 적합한 선생님을 찾아야 한다. 그런 이유로 보
금자리를 떠나는 것은 일이 막힘없이 잘 풀리고 있다는 증거다.

내가 없으면 살아갈 수 없는 사람은 이 세상에 한 명도 없다.
있다면 내 고양이들 정도겠지. 내 고양이들은 이제 야생으로 돌
아갈 수 없다. 그러니까 평생 떨어지지 않을 수 있는 것이다.

인간이 동물과 생활하는 것은 평생의 동반자로 확실히 약속된
관계이기 때문이다. 하지만 인간은 그럴 수 없다. 예를 들어 평생
을 함께하기로 약속한 동반자라고 해도 개개인의 상황 변화나 인
간으로서 성장 속도가 딱 맞기란 정말 어렵다. 만약 함께 있는 것
이 괴로워졌다면 서로의 손을 놓아주는 편이 낫다고 생각한다.

상대방이 떠날 때, 나는 붙잡지 않는다. 그러니 상대방도 내가
떠나려 할 때, 잘 배웅해주었으면 한다. 두 번 다시 얼굴도 보고

싶지 않을 정도로 싫어지기 전에 그럴 수 있다면 이 이별은 다시 만나기 위한 약속인 거니까.

동고동락했던 전 남자친구와는 10년의 세월이 지나고 친구로 돌아갈 수 있었다. 서로를 인간으로서 싫어지기 전에 결단을 내렸기 때문에 가능했다고 생각한다. 물론 겉치레만으로는 넘어갈 수 없는 복잡한 감정을 오랜 시간에 걸쳐 정리한 덕분이었다. 내 방에는 아직 그의 물건이 남아있고 각자 새로운 인생을 향해 가고 있는 지금, 추억과 함께 단사리가 한창이다.

물건들을 정리하면서 그리움에 젖게 만든 건 바로 소박한 영국식 키마(드라이)카레였다. 런던에서 10년 동안 살았던 남자친구에게 영감을 받아 만든 요리 중 하나다. 저렴하게 구입할 수 있는 다진 닭고기를 넛맥과 함께 정성스럽게 볶는다. 다진 향미 채소와 냉장고에 있던 재료를 조합해 만드는 이 카레는 리 앤드 페린스Lea And Perrins의 우스터 소스가 핵심이다. 카레 분말의 사용량을 줄일 수 있어 정말 돈이 없었던 시절에 자주 만들어 먹었는데 이 카레 덕분에 의외로 푸짐하게 식사를 할 수 있었다는 생각이 든다.

마지막에 추가하는 요거트는 카레를 하룻밤 숙성시키지 않아도 재료의 맛을 부드럽게 이어주는 뛰어난 조연 역할을 한다. 마치 시간을 빨리 돌리는 장치 같다. 사람 사이의 관계도 요거트를 넣은 것처럼 빠르게 이어지면 좋겠지만 그게 가능했다면 오히려 재미없을 것이다.

나는 시간을 들여 사람을 알아가는 것을 좋아한다. 달팽이 같은 속도로 조금씩 조금씩 다가간다. 그러다 어느 날, 분기점이 찾아오면 웃는 얼굴로 손을 흔들며 "또 봐요"라고 말할 수 있는 가벼운 관계. 언젠가 각자 다른 길을 걸어 성장했을 때 인연이 다시 이어지는 경우도 있다. 프랑스어로 안녕인 'Au revior(오 르부아르)'처럼 '다시 만날 때까지' 그대로.

영화배우인 바이쇼 치에코가 요리를 잘하는 일본계 미국인 미망인 비이 역을 연기한 〈하와이언 레시피〉라는 영화가 있다. 1년간 무작정 쉬기 위해 하와이의 호노카아 마을에 온 레오. 비이는 그런 레오를 위해 매일 맛있는 요리를 만들고 레오는 그녀의 요리를 맛있게 먹으며 둘은 특별한 우정을 쌓는다. 하와이 특유의 이국적인 풍경을 배경으로 따뜻한 사람들과 먹음직스러운 음식이 나오는 이 영화에는 누군가를 만나고 헤어지고 다시 만나는 인간관계 속 불멸의 행위가 부드럽게 묘사되어 있다.

내가 즐겨 만드는 양배추 롤은 영화 속에서 비이가 만든 양배추 롤 레시피를 활용한 것이다. 다짐육에 넛맥, 허브, 그리고 밥

을 넣는 방법까지. 이렇게 하면 양배추 속이 소스를 머금어 몽실몽실하고 맛있게 완성된다.

음식을 만드는 사람의 생각은 부드러운 양배추 속에 감싸져 불과 몇 분이면 이 세상에서 사라진다. 내가 음식을 이토록 사랑하는 이유는 '사라지는 것'이기 때문이다. 짧은 생명이지만 아무런 조건 없이 먹는 사람의 피와 살로 생명을 바꾼다. 영화 〈하와이언 레시피〉에 등장하는 하와이의 노인들은 마치 음식 같다. 삶과 죽음의 경계를 가볍게 넘나들며 순환한다. 그저 사라지는 게 아니라 삶과 인간관계의 본질을 가르쳐준다.

소박한 영국풍 키마카레

예전에 한 크리에이터 집단에서 만든 카레 모임이 있었다. 거기에 참가했을 때 북유럽에 거주한 경험이 있는 회원이 '해외에서는 어떻게 비싼 카레 가루를 절약할 수 있는가'라는 테마의 카레를 만들었다. 당시에 나도 가난했기 때문에 평소 먹던 카레에 응용해 이 레시피를 만들었다.

육류 중 가장 저렴한 닭고기를 다져서 사용하고 채소도 흔히 구할 수 있는 걸 사용한다. 재료는 소박하지만 리 앤드 페린스의 우스터 소스를 넣으면 왠지 모르게 영국다운 맛이 난다. 카레로 유명한 런던 근교의 인도인 거리 사우스올의 카레 맛과 비슷하다는 게 아니라, 내 멋대로 정한 영국다운 맛에 대한 환상에 빗대 표현한 것이다. 특유의 약 냄새가 나서 어린 시절에는 싫어했던 리 앤드 페린스의 소스도 어른이 되고 나니 그 매력을 새롭게 알게 되었다.

재료(3~4인분)

A 양파 중간 크기 1개
    당근 1/2개
    셀러리 1/2개
    가지 1개
    새송이버섯 1/2개
    생강 1조각(약 20g)
    마늘 1조각

다진 닭고기 200g
건포도 30g
홀 토마토 1/2캔
시판 카레 가루 120g

카야노야 채소 육수(콩소메도 가능) 1과 1/2봉지
화이트 와인 50cc
리 앤드 페린스 우스터 소스(일반 우스터 소스도 가능) 3큰술
플레인 요거트 50cc
물 750cc
월계수 잎 1장
넛맥, 소금, 백후추, 올리브 오일 각각 적당히
삶은 달걀 3~4개(곁들임용)

만드는 법

1 A는 전부 잘게 자른다.

2 냄비에 올리브 오일을 두르고 1의 양파, 생강, 마늘을 소금 한 꼬집과 함께 넣고 볶다가 다진 닭고기, 넛맥, 화이트 와인, 백후추를 넣고 더 볶는다. 다음에 1의 당근, 셀러리를 넣어 볶다가 마지막에 가지와 새송이버섯을 넣고 볶는다.

3 냄비의 재료가 어느 정도 익으면 물과 채소 육수, 월계수 잎을 넣고 10분 정도 끓인 뒤, 손으로 으깬 토마토와 건포도를 추가해 10분 정도 더 끓인다.

4 카레 가루를 넣고 끓이다가 우스터 소스를 넣고 조금 더 끓인다. 플레인 요거트를 추가하면 완성이다.

♣ 카레와 최고의 궁합! 버터 간장 소스와도 정말 잘 어울린다!

옥수수 다시마 밥

재료

쌀 450g

물 550cc(보통 밥을 지을 때보다 조금 적게)

옥수수 1개

다시마(가로세로 15cm) 1장

소금 1작은술

청주 1큰술

만드는 법

1 쌀을 씻어서 분량의 물을 붓고 소금, 청주를 넣어 가볍게 섞은 다음, 다시마를 넣고 불린다.

2 옥수수를 반으로 잘라서 칼로 옥수수알을 떼어낸다.

3 1의 쌀에 옥수수 심지를 묻고 옥수수알과 불린 다시마를 위에 올려서 밥을 짓는다.

4 밥이 다 지어지면 옥수수 심지와 다시마를 뺀다. 다시마는 3cm 폭으로 자른 후 잘게 잘라서 밥에 섞으면 완성!

우아한 50대 크로크마담

프랑스의 서민적인 카페라면 어디에서나 맛볼 수 있는 크로크마담은 햄 샌드위치 위에 베샤멜 소스를 뿌려서 구운 샌드위치 그라탱이다. 달걀프라이를 올리면 '마담', 안 올리면 '무슈'라고 부르는데, 이는 달걀프라이가 여성이 쓰는 모자를 연상시키기 때문이다.

파리에 왕래하기 시작했던 20대 후반, 파리 북역 앞 저렴한 숙소에 머물며 1층 카페에서 먹었던 크로크마담이 내 기억 속 첫 이미지다. 괴상한 단골 무슈가 낮부터 술을 마시던 서민적인 카페에서 당시에는 프랑스어를 거의 알아듣지 못한 채 귀를 기울이고 있었다.

베샤멜 소스를 듬뿍 올린 맛있는 크로크마담에 샐러드를 곁들이면 훌륭한 저녁 식사가 되는 것도 매력이다. 치즈 굽는 냄새 때문에 이 요리를 만들 때마다 그 시절로 시간여행을 떠난다.

재료(1인분)

캉파뉴 1장(식빵 2장도 가능)

햄 2장

집에서 만든 베샤멜 소스 100g

　*만드는 법 172쪽

생크림(우유, 두유도 가능) 25cc

카야노야 채소 육수 1/4작은술

하드 치즈 간 것(콩테, 그뤼에르 등 맛이 진한 것. 슈레드 치즈도 가능) 15g

무염버터 1큰술

달걀 1개

소금, 후추 약간씩

만드는 법

1 오븐을 200℃로 예열해둔다.

2 베샤멜 소스, 소금 한 꼬집, 채소 육수를 작은 냄비에 넣고 약불에서 부드러워질 때까지 끓인다. 불을 끄기 직전에 생크림을 넣고 잘 섞는다.

3 캉파뉴를 반으로 잘라 테프론 시트(또는 유산지)를 깐 오븐 팬 위에 한 쪽을 놓고 베샤멜 소스 절반 분량을 바른 다음, 햄을 올려서 다른 한쪽 빵으로 덮는다. 그 위에 남은 베샤멜 소스를 붓고 치즈를 얹은 뒤 오븐에서 15분 정도 노릇노릇해질 때까지 굽는다.

4 프라이팬을 따뜻하게 가열해 버터를 녹이고 약불에서 달걀을 깨 넣는다. 뚜껑을 덮지 않은 채로 그대로 익힌다.

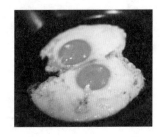

노른자 부분에 흰색 작은 점이 나타나면 완성! 다 구워진 빵 위에 달걀프라이를 올린다. 소금, 후추를 취향에 따라 뿌려서 먹자.

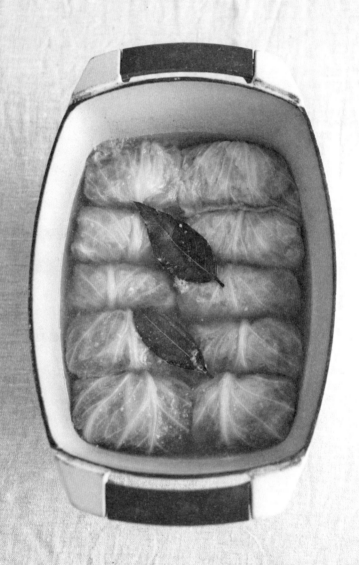

묘령의 **양배추 롤**(feat. 비이의 레시피)

양배추 롤은 1세기경, 터키 근처에서 만들어 먹기 시작한 '돌마^{dolma*}'가 유럽으로 전해져 진화한 것이다. 일본에서는 메이지 시대 책에 '롤 캐비지'라고 소개된 것이 최초라고 한다. 프랑스에서도 '슈 파르시^{Chou farci}'라는 이름으로 존재하지만 나는 단연코 일본의 부드러운 양배추로 만드는 양배추 롤이 가장 맛있다고 생각한다.

양배추를 통째로 삶는 과정은 확실히 손이 많이 가지만 필링은 햄버그스테이크를 만드는 방법과 그리 다르지 않다. 양배추 롤이 냄비 안에 제대로 줄 맞춰 늘어서 있는 모습을 볼 때마다 귀엽고 사랑스럽게 느껴진다. 냉동 보관도 가능하니 한꺼번에 많이 만들어 쟁여두는 것도 추천한다. 그라탱으로 응용도 가능하다!

....

재료(10개 분량)

양배추 큰 것 1통
양파 1개
마늘 1쪽
올리브 오일 적당히
사워크림 적당히

A 다진 고기 400g
   다진 당근 1/3개 분량
   잘게 썬 세이지 7~8장 분량(있으면)
   달걀 1개
   우유 2큰술
   살짝 데운 밥 100g
   소금 1작은술

넛맥 1작은술
흑후추 적당히

B 카야노야 채소 육수 2봉지
   양배추 삶은 물 600cc
   소금 약간
   월계수 잎 1~2장

◆ 중동과 남유럽 음식. 다진 고기, 볶은 쌀, 잣, 허브 등의 재료로 채소의 속을 채워 만든 음식을 말한다.

만드는 법

1 양배추 심지는 뿌리 쪽을 칼로 파내서 제거한다. 양배추가 통째로 들어가는 크기의 냄비에 소금 1작은술(레시피 분량 외)을 넣고 삶는다. 적당히 잎이 떼어질 정도로 삶아지면 소쿠리를 거꾸로 뒤집어서 그 위에 잎을 포개어 두고 식힌다. 양배추 삶은 물 600cc는 나중에 쓸 거니 따로 빼둔다.

• 필요한 양배추 잎은 10장이지만 찢어지거나 작은 잎을 보수하는 용으로 조금 넉넉하게 빼두고 나머지는 178쪽의 '양배추 김 무침' 등에 사용한다.

2 양파와 마늘은 잘게 다지고 올리브 오일과 함께 투명해질 때까지 볶아서 식힌다.

3 볼에 A와 2의 볶은 양파와 마늘을 넣고 끈기가 생길 때까지 반죽한다.

4 3을 10등분 해서 1의 삶은 양배추 잎으로 싼다. 이때 양배추 심지의 굵은 부분을 칼로 잘라내면 깔끔하게 말기 좋다. 말린 끝부분이 아래로 가도록 해서 냄비에 가지런히 넣는다.

5 4의 냄비에 B를 넣고 처음에는 강한 불로, 끓기 시작하면 약불로 바꿔서 20분 정도 끓인다.

6 그릇에 담고 그 위에 수프를 부은 다음, 사워크림을 곁들인다.

일본에 오래 머물면 조금 괴롭다.
겉과 속의 두 가지 인격을 잘 나눠 사용하지 않으면
살아가기 힘든 곳이어서일까.

〈도라에몽〉의 진구가 항상 같은 옷을 입고 있는 것처럼
나도 본래의 나 하나면 충분하다.
한 가지를 오래 사랑하는 것도 좋아하는데
나에게는 그게 파리인 것 같다.

사는 게 지칠 때면 파리로 돌아가고 싶다.
하나밖에 없는 내가 되어
그와 손을 잡고 센강 주변을 걷고 싶다.

온몸에 '살아있는 느낌'이 가득하던 그 거리로.

PART 4

서로 사랑하며
살아간다는 것

파리가 못 견디게
그리운 날의 레시피

파리, 사랑이 넘쳐흐르는
자유의 도시

초봄에 새빨간 딸기가 나오면 딸기 타르틴^{tartine}이 먹고 싶어진다. 세로로 자른 바게트에 버터를 듬뿍 바르고 얇게 자른 딸기를 올린 뒤 그래뉴당을 뿌린 별것 아닌 한 접시. 딸기 타르틴을 먹으며 뜨거운 카페 크렘^{café crème}(에스프레소에 스팀밀크나 크림을 얹은 것)을 마시면 파리에서의 추억들이 달콤한 향기와 함께 되살아난다.

내가 프랑스어를 배우기 위해 바다를 건넌 것은 2002년 가을이었다. 파리에서의 첫해는 무척 춥고 외로웠다. 지독한 겨울을 보내고 봄이 되어 파리 교외에 있는 친구의 두 번째 집에서 묵은 다음 날 아침이었다. 친구 남편이 시장에서 바게트 여러 개와 나무상자에 든 딸기를 잔뜩 사서 돌아왔다.

"그렇게 많은 딸기를 어떻게 하려고?"

"이 정도는 '타르틴'으로 만들어 먹으면 눈 깜짝할 사이에 없어져!"

그는 이렇게 답하며 곧바로 뜰에 내놓은 테이블 위에서 바게트를 세로로 자르기 시작했다. 자른 바게트 한쪽에 버터를 구석구석까지 바르고 도마도 사용하지 않고 요령 좋게 딸기를 나이프와 엄지손가락으로 쓱쓱 잘라 바게트 위에 올렸다. 그 작업이 끝나자 이번에는 상자에 든 그래뉴당을 바게트에 골고루 뿌렸다.

'앗? 딸기 설탕 빵이잖아?!'

"괜찮으니까 한 번 먹어봐."

그는 아연실색한 나를 향해 일본인은 따라 할 수도 없는 화려한 윙크를 날리며 타르틴을 덥석덥석 먹었다. 그 모습에 나도 머뭇거리며 먹었는데 "뭐야 이거… 엄청 맛있어!" 하고 감탄했다.

타르틴이란 프랑스에서 아침 식사로 주로 먹는 버터나 잼을 바른 빵을 말한다. 이제까지 빵에 잼은 발라 먹었어도 생과일을 올린다는 생각은 한 번도 해본 적이 없었다. 프랑스 딸기는 일본 딸기보다 산미가 강한데 그게 그래뉴당과 절묘한 하모니를 이룬다.

'미즈가시水菓子◆'라는 일본의 과일에 대한 생각과 정반대로 과일 본연의 맛을 소중하게 생각하는 프랑스 특유의 먹는 방법이었다.

프랑스에 온 지 얼마 안 된 내게는 풍부한 자연에 둘러싸인 교외의 집 한 채, 넓은 정원에 사랑스러운 반려견이 뛰어다니던 풍경이 마치 영화의 한 장면처럼 가슴에 새겨졌다. 그리고 친구네 부부의 행복한 모습도.

그해 여름, 내게도 운명적 만남이 있었다. 그라피티graffiti(벽에 스프레이를 이용해 그림을 그리는 예술) 작업실을 포토그래퍼 친구와 함께 방문했다. 얼핏 무서워 보이는 우락부락한 파리지엔들이 모인 곳에 지금은 연인이 된 그가 있었다.

사실 그에게 첫눈에 반하기는커녕 인상조차 흐릿했다. 그 분야의 아티스트치고는 그는 너무 조용한 편이다. 학자를 연상시키는 분위기라고 하면 맞겠다. 나중에 아티스트로 전향하기 전에 양자역학 분야의 수학자였다는 것을 알고서야 완전히 납득했다.

원래 그림을 즐겨 그렸던 나는 그들과의 만남이 계기가 되어 홍일점 멤버로 활동하기 시작했다. 그 사람은 당시 초심자 수준의 프랑스어밖에 할 줄 몰라서 늘 오도카니 있던 나를 여동생처럼 돌봐주었다. 진심으로 경계심을 풀고 기댈 수 있는 사람이 없었던 나는 당연히 그에게 끌렸다.

◆ 수분을 포함한 과자. 옛 일본에서는 과일을 과자로 봤다.

나는 큰마음을 먹고 그에게 팔레 드 도쿄 Palais de Tokyo(파리 16구에 있는 현대미술관)에서 열린 어느 전시회에 같이 가자고 했는데, 그는 임신한 아프리카계 프랑스인 여성과 함께 나타났다. 한순간에 사랑이 끝났다. 지금 생각하면 애당초 그것이 연정이었는지조차 의심스럽다. 당시의 나는 나에게 상냥하게 대해주는 남성이라면 누구에게나 끌릴 만큼 무척 외로웠다.

이후 3년 동안 그와 나는 단짝처럼 지냈다. 함께 그림을 그리고 동료들과 페스티벌이나 전시회에 참가하기도 했다. 뒤늦게 찾아온 청춘의 시간을 파리에서 마음껏 누리던 참에 갑작스럽게 일본으로 돌아가게 되었다.

그와 동료들에게 소식을 전하고 며칠 후, 그가 나에게 자신의 마음을 털어놓았다. 나는 깜짝 놀랐다. 한때 그에게 마음이 있었던 건 사실이지만 잠시였고 그를 인간적으로 정말 좋아했다. 하지만 이미 딸이 둘이나 있는 그와 사귄다는 것은 상상도 할 수 없었다.

그와 그의 파트너는 사이가 좋지 않았다. 당시 나에게도 남자친구가 있었지만 그즈음 그에게 새로운 여자가 생겼다는 걸 알게 된 참이었다. 남자친구를 일본에 홀로 두고 온 내 탓도 있기에 그를 비난할 수 없었다. 이런 이유들로 나는 그의 고백에 몹시 흔들렸다. 그와 친구로 지낸 3년 동안 우리는 자주 함께 밥을 먹었다. 그만큼 마음이 잘 맞았을 뿐만 아니라 음식 취향도 비슷했다. 나는 여기저기서 프랑스 요리를 배워 와서는 그에게 만들어주기도 했다.

감자 갈레트는 파리의 센강 남쪽 지역의 자연식품 시장인 '라스파유 비오^{Marche Bio Raspail}'에 있던 갈레트 전문 매장에서 먹었는데 그 맛에 몹시 감격해, 기억에 의지해서 내 방식대로 레시피를 만들었다. 프랑스 전통 레시피는 모른다고 하니 그는 "인터넷에 여러 가지 버전이 많으니 찾아보면 어때?" 하고 조언해주었다.

레시피를 살펴보니 내 방식과 대체로 비슷했다. 양파를 갈색이 돌기 전까지 볶아서 단맛을 내고 생감자를 부드럽게 간 후 달걀노른자와 넛맥을 넣는다. 맛있는 프랑스 치즈가 듬뿍 들어간 갈레트를 구우면 참을 수 없을 정도로 고소한 냄새가 나서 화이트 와인이 쭉쭉 들어간다.

크렘 드 포틴^{Creme de potiron}은 순무 포타주를 싫어하는 그를 위해 여러 번 만들었던 겨울철 단골 수프 요리다. 옛날 바스티유 근처에 있던 수프 요리 명가 '오 카무로'의 레시피를 응용해 만들었다. 프랑스 베이컨인 '포아트힌 퓨메^{poitrine fumee}'를 호박과 같이 삶으면 이루 말할 수 없을 만큼 깊은 감칠맛이 난다.

"아, 맛있다!"라고 소리치는 그를 바라보면서 나는 '이건 프랑스인이 된장국을 능숙하게 끓이는 것과 같은 걸까?' 하는 조금 쑥스러운 기분이 들었다. 나는 어느새 그가 좋아하는 것, 싫어하는 것에 통달하고 말았다. 그래, 그의 파트너보다 더.

결국 그의 마음을 받아들여 일본으로 돌아오기 직전에 우리는 연인 사이가 되었고 엄청난 원거리 연애가 시작되었다.

그로부터 다시 3년 후, 우리는 한 번 헤어지고 말았다. 그의 누나가 젊은 나이에 세상을 떠난 것이 이유였다. 누나에게는 네 명의 어린 자녀가 있었는데 그녀의 죽음으로 충격을 받은 매형(누나의 남편)이 불안장애를 얻어 병원에 입원하고 말았다.

프랑스에서는 부모가 둘 다 아이를 보호할 수 없는 상태가 되면 사법부가 개입해 아이를 보호시설에 격리한다. 남은 유일한 형제인 그가 조카들을 떠맡으면 자신의 아이까지 포함해 갑자기 여섯 명의 아버지가 될 가능성이 있었다.

나는 이미 사랑 같은 건 나중 문제가 된 극한의 상태에 몰린 그의 모습을 남김없이 지켜보았고 3개월 내내 울기만 하며 마음을 정리했다. 그리고 아이러니하게도 울며 지낸 날들 속에서 그가 운명의 사람이라는 것을 깨달았다. 나는 어느새인가 그에게 지나치게 기대고 있었고 프랑스에서 이렇다 할 존재감이 없는 자신도 발견했다. 하지만 인생에서도 손꼽힐 정도인 이 눈부신 만남을 헛되이 보내고 싶지 않았다.

그렇게 내가 앞을 향하기 시작했을 무렵, 그의 매형이 퇴원해 어떤 여성을 만났고 다시 살아갈 희망을 얻어 아이들을 무사히 데려갔다. 얼마나 씩씩하고 프랑스다운가!

그 뒤로도 우리는 몇 번이나 헤어질 뻔했지만 자연스럽게 원래대로 돌아가고 말았다. 그리고 '억지로 헤어지려고 하면 피곤하니까 그만두자'라고 결론을 내렸다. 서로를 존중하며 흙 묻은 발로 상대의 내면에 발을 디디거나 소유하려고 하지 않은 것이 우리 사랑을 이만큼 키운 이유일지도 모른다.

어느덧 그의 두 딸이 성장해 전에는 고민할 여유조차 없었던 제2의 인생에 관해 현실적으로 생각할 수 있게 되었을 때는, 나에게 고백했던 날로부터 8년이 지나 있었다.

이제 6년이 더 흘렀고 우리는 그 시간을 결코 헛되이 흘려보내지 않았다. 각자의 인생을 열심히 살며 즐겼다. 부모의 책임을 다하고 나면 한 사람의 인간으로서 자신의 인생을 선택하는 것이 당연한 프랑스. 자식을 끔찍하게 아끼며 넘치는 애정을 딸들에게 쏟으면서 지금 그는 그 입구에 서 있다. 나와 함께.

넓은 정원이 있는 집에서 살고 있던 친구네 부부는 수년 후에 헤어졌다. 남편은 동성의 연인과 생활하고 친구는 부모 자식 사이만큼 나이 차이가 크게 나는 젊은 파트너와 다시 결혼했다. 사랑에 대해서 자유로운 나라 프랑스. 사실 사는 곳이 어디든, 나이가 몇이든, 인간은 어떤 형태로든 변화하면서 사랑할 자유가 있다고 나는 생각한다.

파리지엔식 **딸기 타르틴**

이렇게 간단하고 맛있는 빵 요리가 또 있을까? 일본에서는 생크림을 듬뿍 넣어 만든 과일 샌드위치를 많이 먹지만 풍성한 생크림 거품이나 아름다운 단면에 너무 치중하다 보면 만드는 데 상당한 시간이 걸린다. 그에 비해 타르틴은 빵에 버터를 바르고 딸기를 나란히 올려 설탕을 뿌리기만 하면 완성할 수 있는 과일 오픈 샌드위치다.

타르틴이란 '빵에 잼 등을 바른 것 = 타르티네Tartine 된 것'이라는 프랑스어다. 얇은 빵에 재료를 올리거나 바른 것은 모두 타르틴이라고 부른다. 달콤한 딸기로 만든다면 설탕을 조금 줄이고, 산미가 있는 딸기를 쓴다면 설탕을 솔솔 뿌리자. 막 잠에서 깨서 멍한 눈으로도 만들 수 있는 아침 식사의 여왕이다.

재료(1인분)
딸기 2~3개
바게트(식빵 1장도 가능) 1/3개
무염버터 적당히
그래뉴당(사탕수수 설탕도 가능) 적당히

만드는 법
1 딸기는 꼭지를 따고 먹기 좋게 얇게 자른다.
2 바게트를 세로로 길게 자르고 버터를 듬뿍 발라 1의 딸기를 올리고 그래뉴당을 아낌없이 뿌리면 완성!

프랑스식 호박 포타주, 크렘 드 포틴

파리에서 생활하기 시작했을 무렵, 다양한 종류의 채소 포타주와 달리 콘 포타주는 없어서 깜짝 놀랐다. 옥수수는 아프리카계 이민자들이 즐겨 먹으며 프랑스 토박이는 자주 먹지 않는다는 얘기에 또 한 번 깜짝 놀랐다. 수분이 많은 오렌지색의 아주 큰 호박으로 만드는 프랑스식 호박 포타주는 맛이 깔끔한 만큼 생크림을 충분히 넣는다. 일본의 속이 가득 찬 호박이라면 크림을 조금 줄이고 호박 본연의 풍미를 살려 만들 테지만 나라가 다르면 그 나라에서 나는 채소의 특성도 달라진다는 점을 살려서 요리를 하는 것도 즐겁다. 함께 넣는 베이컨은 큰마음 먹고 품질이 가장 좋은 걸 선택하면 훨씬 맛있게 완성된다.

재료(3~4인분)

호박 400g(1/4개 정도)
양파 1개
마늘 1쪽
무염버터 1과 1/2큰술
베이컨 200g 정도

물 650cc
카야노야 채소 육수 1과 1/2봉지
월계수 잎 1~2장
생크림(우유, 두유도 가능) 100cc
흑후추 약간

만드는 법

1 호박은 껍질을 벗기고 적당히 잘라 얇게 썬다. 양파, 마늘도 얇게 썬다. 베이컨은 반으로 자른다.

2 냄비에 버터를 녹여 소금을 약간(레시피 분량 외) 넣고 1의 양파와 마늘을 태우지 않고 살짝 색이 변할 때까지 볶는다. 베이컨을 넣고 약간 더 볶다가 호박을 넣고 전체를 대충 섞는다.

3 2의 냄비에 물, 채소 육수, 소금, 월계수 잎을 넣고 20분 정도 끓인다. 호박

을 나무 주걱으로 눌러서 부드럽게 뭉개지면 월계수 잎과 베이컨을 건져낸다. 불을 끄고 핸드 믹서나 푸드 프로세서로 부드러워질 때까지 간다. 다시 약한 불에 올리고 생크림을 넣는다. 생크림을 넣은 뒤에는 끓어오르지 않도록 주의하자.

4 꺼내둔 베이컨은 작게 잘라서 먹기 전에 올리고 후추를 뿌린다.

화이트 와인을 부르는 **감자 갈레트**

갈레트라고 하면 메밀가루 크레이프를 떠올릴지도 모른다. 물론 그것도 갈레트고 브르타뉴식으로 두껍게 구운 쿠키도 갈레트다. 원래 'galet'는 '둥글고 작은 돌'이라는 프랑스어에서 파생된 말로 '얇고 납작하게 구운 것'을 모두 갈레트라고 부른다. 나는 강판에 감자를 한 개씩 정성스럽게 갈아서 부드럽고 섬세한 반죽으로 만드는 것을 좋아한다. 하지만 시간이 없을 때는 푸드 프로세서로 오래 갈아도 OK. 반죽이 부드러우니 뒤집을 때는 프라이팬을 살짝 대각선으로 기울여서 휙 빠르게 뒤집자. 트러플 소금을 살짝 뿌리면 조금 호화스러운 버전이 된다.

....

재료(지름 약 10cm 기준 8장)

감자 400g(중간 크기 3개 정도)
양파 중간 크기 1개
마늘 1쪽
올리브 오일 적당히
하드 치즈 간 것(콩테, 그뤼에르 등 맛이 진한 것, 치즈 가루도 가능) 30g
슈레드 치즈 50g
박력분 3큰술
버터 15g(가로세로 1cm로 잘라둔다)
소금, 흑후추 각각 약간
로즈메리 1줄기(있으면)

A 달걀노른자 1개
    우유 2큰술
    넛맥 1/2작은술
    소금 1/2작은술

만드는 법

1 양파는 얇게 썰고 마늘은 잘게 다진다. 올리브 오일에 소금 한 꼬집(레시피 분량 외)을 넣고 중약불에서 살짝 색이 변할 때까지 같이 볶아 그대로 식혀둔다.

2 반죽은 먼저 감자 껍질을 벗겨 강판(혹은 푸드 프로세서)에 갈아서 A를 넣고 잘 섞는다. 1과 치즈를 넣고 잘 섞은 뒤 박력분을 체에 내려 넣고 잘 섞는다.

3 팬을 중약불로 달구고 버터를 넣는다. 버터가 녹으면 2의 반죽을 가볍게 한 국자 정도 넣고 10cm 크기의 원형을 만든다. 뚜껑을 덮어서 1~2분 정도 굽고 뒤집어서 뚜껑을 덮지 않고 적당히 노릇노릇해질 때까지 굽는다.

4 접시에 담고 취향에 따라 먹기 전에 로즈메리 잎이나 소금, 후추를 뿌린다.

PART 5

함께 있는 순간을
진심으로 즐기자

축하하는 날을 위한 레시피

먼저 관심을 가진 사람은 누구?
그래, 나다.
그런데 왜 압박감을 느끼는 걸까.
이런 인간의 모순은 아마도 '제대로 하자'라고
너무 성실하게 생각해서겠지.

행복을 놓치지 않으려면
약간의 여백을 만들어야 한다.
'이것도 저것도'에서 '이것'만 빼자.

압박감을 느끼게 하는
'무언가 해주고 싶은 마음'은
정말 상대방이 원하는 걸까?
그거, 너무 자기중심적 아니야?

기를 쓴다고 적고
자기중심적이라고 읽는다

파리에서는 홈파티가 정말 자주 열린다. 내가 파리에 살 때도 친구들이 자주 집에 놀러 왔고 홈파티에 초대받은 적도 많다. 이는 파리의 외식 비용이 비싸서 여럿이 모일 때 레스토랑을 거의 이용하지 않는 습관도 한몫하는 것 같다. 와인이든 채소든 시장에 가면 훌륭한 식재료를 구할 수 있고 아주 정성 들여 요리하지 않아도 맛있는 식사를 만들 수 있다. 식량자급률 120퍼센트인 농업 대국의 이점이다.

파리에 막 이사를 했을 무렵, 프랑스인 친구들을 초대하는 날이면 왠지 몹시 긴장됐다. '오!' 하고 감탄의 소리가 나올 만한 멋진 음식을 내놓아야 한다고 멋대로 기를 쓰고 있었다.

그러던 어느 날, 파리지엔 친구가 저녁 식사에 초대해주었다. 그 친구의 집은 에펠탑이 보이는 멋진 아파트였다. 그날 초대받은 멤버는 친구와 함께 사는 남자친구와 그녀의 또 다른 친구였고 외국인은 나 혼자였다.

전채 요리로는 홈파티에서 기본으로 내놓는, 빵집에서 살 수 있는 반죽을 이용해 직접 만든 피자를 대접받았다. 잠시 후, 그녀가 조심스럽게 편수 냄비를 들고 나타났다.

"짜잔! 오늘은 태어나서 처음으로 서양배를 넣은 리소토를 만들어봤어!"

그녀는 웃는 얼굴로 냄비를 테이블 중앙에 놓았다.

'어? 냄비 그대로?'

놀란 나를 제쳐두고 다른 사람들은 아까 피자를 먹었던 접시에 리소토를 덜어 맛있게 먹기 시작했다. 나도 한 국자 정도를 먹었다.

"에미는 적게 먹네. 더 먹을래?"

친구가 더 먹으라고 권유했지만 거절했다. 리소토는 주요리에 곁들이는 음식이니 메인인 고기나 생선 요리가 이제부터 나올 거라고 믿었기 때문이다.

그러나 그날의 저녁 식사는 그것으로 끝이었다. 내가 선물로 들고 간 타르트를 나눠 먹은 게 다였다. 피자도 한 조각밖에 먹지 않았던 나는 어중간하게 배가 고픈 채로 집으로 돌아왔다. 너무 간결한 진짜 프랑스식 저녁 식사에 충격을 받고서.

그 후, 이런 저녁 식사 자리에 여러 번 초대받으면서 간결한 프랑스식 저녁 식사의 장점을 알게 되었다. 전채 요리에는 간단한 샐러드나 파테^{pâté}•가 나오고 그 다음에는 손이 많이 가지 않는 냄비나 오븐 요리를 하나, 디저트도 굽기만 하면 되는 과일 타르트 등을 내놓는다. 그리고 남은 와인을 맛있게 마시기 위해 곁들이는 여러 종류의 치즈만 있으면 된다.

레스토랑의 기름진 고기 요리나 무거운 소스와 다르게 가볍게 즐길 수 있는 일상적인 가정식은 프랑스 식재료의 진면목을 경험할 수 있다는 것을 홈파티를 계기로 알게 되었다. 초대하는 사람도 무리하지 않고 즐겁게 준비할 수 있다. 바쁘면 요리를 한 종류 줄이거나 샤퀴테리^{charcuterie}•• 같은 이미 만들어진 가니시로 바꿔도 된다.

이제까지 눈을 번뜩이며 필사적으로 요리하고 손님이 찾아올 때쯤이면 이미 지쳐서 홈파티의 즐거움을 잊었던 내가 바보같이

• 고기나 생선 등 다양한 재료를 다져서 페이스트리 반죽 속에 넣고 구운 것.
•• 염지, 훈연, 건조 등 다양한 조리 방법을 통해 만든 육가공품.

느껴졌다. 애초에 좋아하는 사람을 불러 즐겁게 시간을 보내기 위한 식사 자리인데 주최자인 내가 먼저 지쳐서 웃지도 않는다면 파티를 여는 의미가 없다.

사실 이전에 나는 요리를 몇 가지나 준비하고 요리사 역할에 충실하느라 좀처럼 자리에 앉지도 않았다. 그러자 남자친구는 참다못해 미간을 찌푸리며 "이제 그만 하고 와서 앉지 그래" 하고 말했다. 여성을 중요하게 생각하는 프랑스에서는 파트너에게만 일을 시키는 남성은 인상이 아주 좋지 않다.

'아차! 실수했구나.'

이런 경험을 거듭하고 나서야 나는 겨우 요리에 대한 압박감을 내려놓을 수 있었다.

일본에 살면서 요리 장르는 바뀌었지만 나는 이 '기를 쓰고 요리하지 않는 프랑스식 마음가짐'을 잊지 않으려고 한다. 튀김은 기름에 담그기만 하면 단시간에 조리가 가능해 파티 음식으로 안성맞춤이다. 특히 얇게 썬 자투리 돼지고기를 사용한 베트남식 튀김은 순식간에 튀겨지는 데다 찍어 먹는 소스로 레몬즙을 사용하므로 상큼하고 식초 효과로 모양도 희고 아름답다.

고수도 뿌리째 다발로 곁들이기만 하면 된다. 나머지는 손님들이 각자 뜯어서 먹도록 맡기는 편이 유쾌하고 보기도 좋다.

술을 마시는 자리에서 신경 쓰이는 당질을 억제하는 퀴노아와 함께 익힌 그리예^{grillé}도 전부 생으로 준비해두면 나머지는 오븐이 알아서 조리해주므로 자리를 떠나있을 일도 없다.

파리에서 생활한 지 3년쯤 되었을 때 집주인 가족에게 포토푀^{Pot-au-feu}를 대접한 적이 있다. 사실 전통적인 레시피는 잘 몰라서 프랑스 요리 잡지에 실려있던 '토끼고기와 돼지고기를 싱겁게 절여 만든 포토푀'라는 프랑스인 입장에서 보면 특이한 레시피로 만들었다. 당시에 나는 일본에서 좀처럼 보기 힘든 고기 종류를 사용해 요리하는 게 재미있었다. 그러나 요리를 내놓는 순간, '앗! 또 실수했구나'라는 생각에 초조했다. 집주인 가족은 정원에서 토끼를 기르고 있었던 것이다.

"죄송해요. 토끼를 기르고 있는 걸 깜빡 잊어버려서…."

사과하며 잔뜩 움츠러든 내게 주인집 아주머니인 플로랑스는 웃으며 태연하게 대답했다.

"신경 쓰지 않아도 괜찮아요. 우리도 토끼고기를 먹는걸요. 그거랑 이건 별개지요."

살기 위해서 다른 생명을 취하는 것이 자연스러운 삶이라는 단조로운 사고방식에 작은 감동을 받았다. 나는 식사란 매일 생명에 대한 애도이자 축제이므로 감사하며 소중하게 먹어야 한다고 생각한다. 단, 거기서도 기를 쓰고 생각하는 것이 아니라 자연스럽게 받아들이면서.

"에미, 다음번에는 우리 집으로 포토푀를 먹으러 와요. 토끼 고기가 아니라 닭고기나 소고기를 사용한 전통적인 포토푀 요리법을 알려줄게요."

이렇게 플로랑스에게 배운 포토푀는 수프가 거의 없어서 그것에도 또 충격을 받았다. 일본에서는 포토푀라고 불리는 요리 대부분을 수프 요리로 알고 있다. 본고장의 포토푀는 각 재료에서 나온 감칠맛이 다른 재료와 만나 풍성해졌다가 다시 원재료의 맛으로 돌아온 조림 요리다. 이런 추억과 맞물려서 포토푀는 너그러운 생명의 순환을 느낄 수 있는 소중한 요리가 되었다.

기를 쓰고 요리했던 순간을 생각하니 또 한 가지 이야기가 떠오른다. 엄마가 암 치료를 위해 후쿠시마에서 도쿄로 왔을 때, 약해진 몸으로 요리하기 힘들 것이라 생각해 음식을 잔뜩 만들어서 나르던 시기가 있었다.

물론 엄마를 생각해 순수하게 할 수 있는 만큼 다 해드리고 싶었다. 하지만 그때의 나는 지금이 기회라는 듯 효녀인 딸을 연기하는 데 조금 심취했던 것 같다.

밀폐용기에 음식을 잔뜩 담아서 엄마가 지내고 있는 시바마타의 아파트에 가지고 갔더니 웬일인지 엄마가 쓱 일어나 좁은 부

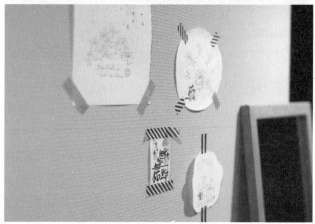

옆에서 생선조림을 만들기 시작했다. 나를 위해 만든 생선조림을 부랴부랴 포장하는 엄마를 보며 또다시 '아뿔싸!' 하고 생각했다. 엄마에게 필요한 것은 내가 만든 요리가 아니라 딸을 위해 요리하는 엄마의 역할 그 자체였다. 그것을 내가 빼앗고 있었다는 사실을 깨닫고 너무 미안한 마음이 들었다.

도움이 되고 싶다고 생각해서 한 일이 정말 상대방이 바라는 것이었을까? 그냥 해주고 싶은 내 이기심을 만족시키려는 행위는 아니었을까? 나는 엄마의 뒷모습을 바라보며 생각했다. 요리뿐만이 아니다. 선물을 하든 도움을 주든 정말로 상대방이 바라는 것이 무엇인지 들여다보고 과하거나 부족하지 않게 줄 수 있는 사람이 되고 싶다고 진지하게 생각했다.

엄마는 생선조림을 내게 건네며 이렇게 말했다.

"네가 요리는 잘해 먹겠지만 이런 생선조림 같은 건 자주 안 하지?"

"응, 자주 안 하지. 잘 먹을게요!"

엄마에게서 엄마의 역할을 뺏지 않기 위한 상냥한 거짓말이었다. 내가 몇 살이 되어도 엄마에게 나는 집을 떠날 때의 열여덟 살 딸 그대로다. 그리고 엄마와 엄마의 요리를 필요로 하는 서투른 딸의 모습이 그 어떤 것보다 더 큰 효도였다.

누군가를 초대하거나 대접해야 하는 날이면 나는 스스로에게 슬쩍 묻는다.

'너무 애쓰지 않았지? 무리하지 않았지?'
'무엇보다도 웃는 얼굴로 즐기고 있지?'

오늘의 메뉴를 적어두고 그중 몇 개는 선을 그어 지운다. 이 여백은 직접 만든 요리를 가지고 오겠다고 이야기한 친구의 상냥한 마음에 기대자. 힘을 쓱 빼고 콧노래를 부르며 자, 파티 준비를 시작하자.

정어리의 유쾌한 장례식, 퀴노아 로즈메리 그리예

'스타게이지 파이 stargazy pie'라는 생선 머리가 하늘을 향해 박혀있는 '저건 좀 어떨까 싶은 요리'가 영국에 있는데(웃음), 이 요리의 최초 아이디어는 거기서 왔을지도 모른다. 좀 더 생선을 존중하는 모양새로 제대로 눕히고 주변을 버섯이나 채소로 아름답게 장식해주고 싶은 마음을 더해서! 나는 식사란 '생명을 나누는 조의弔意 의식이자 축제'라고 생각한다. 다만 이는 종교나 영적인 것이 아니고 일상에서 느끼는 극히 자연스러운 일이다. 이렇게 통째로 즐기는 것이 물고기에게도 분명 좋을 것이다. 가을이면 제철 꽁치로 만들어도 맛있다.

재료(3인분)

정어리 3마리
퀴노아 160cc
물 160cc
화이트 와인 2큰술
카야노야 채소 육수 2작은술
잎새버섯 1뿌리
브로콜리 작게 자른 것 9개

방울토마토 9개
이탈리안 파슬리 3줄기
그라나 파다노(혹은 파르미지아노 레지아노 치즈 간 것, 없으면 가루 치즈도 가능) 100g
빵가루 2큰술
로즈메리 4줄기
소금, 올리브 오일 각각 적당히

만드는 법

1 정어리는 꼬리부터 배를 따라 손가락으로 찢어 내장을 제거하고 씻는다.

2 퀴노아는 깨끗하게 씻은 뒤, 내열 접시에 옮겨서 물과 화이트 와인, 채소 육수를 넣고 적당히 섞는다.

3 잎새버섯은 밑동을 잘라내고 작게 나눈다. 1의 정어리 표면과 안쪽에 소금을 골고루 뿌리고 정어리 한 마리당 로즈메리를 한 줄기씩 뱃속에 끼워 넣어 접시 중앙에 3마리를 나란히 놓는다.

4 정어리 주변에 브로콜리와 3의 잎새버섯을 번갈아 늘어놓고 방울토마토로 장식한다. 채소 위에 치즈와 빵가루를 뿌리고 전체에 가볍게 올리브 오일을 뿌린다. 남은 로즈메리 한 줄기를 화환처럼 둥글게 만들어서 가운데 두고 200℃로 예열한 오븐에서 30분 정도 굽는다. 마무리로 이탈리안 파슬리를 주변에 장식한다.

자투리 돼지고기로 만든 **베트남식 튀김**

베트남 요리는 좋아하지만 베트남에 가본 적은 없다. 파리에서는 베트남 이민자들의 진짜 가정식 요리를 쉽게 먹을 수 있어 내 혀의 상상력을 매우 북돋아주었다. 그렇게 탄생한 것이 이 요리다. 얇게 썬 자투리 돼지고기는 순식간에 튀겨지므로 파티용 음식으로 최고다.

고수 뿌리는 내게 보물과도 같은 식재료다. 잎사귀만 쓸 때는 뿌리를 반드시 랩에 싸서 냉동해둔다. 물에 살짝 담가서 반 해동한 고수 뿌리를 잘게 썰어 절임 소스에 추가하면 풍미가 확실히 좋아진다.

이 녀석과 맥주는 멈출 수 없는 위험한 조합이다. 고수를 푸짐하게 얹어 먹어보자!

재료(2인분)

자투리 돼지고기 300g
고수 뿌리 2~3뿌리 분량
다진 마늘 1/2조각 분량
레몬즙 2큰술
남플라 소스 3큰술
사탕수수 설탕 3/4작은술
녹말가루 적당량
유채 기름(카놀라유도 가능) 1L
뿌리가 있는 고수 1단(곁들임용)

만드는 법

1 큰 밀폐용기에 다진 고수 뿌리, 다진 마늘, 레몬즙, 남플라 소스, 사탕수수 설탕을 섞어서 양념장을 만든다.

2 자투리 돼지고기를 1에서 만든 양념장에 1장씩 담가 겹치도록 넣고 냉장고에서 최소 15분, 가능하면 1~2시간 정도 재워둔다.

3 2의 자투리 돼지고기를 하나씩 녹말가루를 적당히 묻혀서 180℃로 달군 기름에 바싹 튀긴다. 바삭한 튀김과 고수를 함께 접시에 담아내면 완성!

프랑스 가정식 진짜 **포토푀**

이 요리를 만들 때 포인트는 단 한 가지다. 바로 식재료와 자신을 믿는 것이다. 조리 도중에 맛이 부족하지 않을까, 하고 불안해져서 콩소메나 소금을 함부로 넣는 것은 금지다. 졸이는 시간이 포토푀를 제대로 맛있게 만들어줄 테니 믿고 천천히 기다리자.

닭에 정향을 꽂는 이유는 위로하는 마음에서다. '조금 귀엽게 만들어줄게' 같은. 그래서 양파에 꽂거나 냄비에 그냥 넣어도 무방하다. 많은 인원이 둘러앉아서 프렌치 머스터드를 곁들여 마음껏 먹자.

....

재료(3~4인분)

A 생닭 1마리(약 1~1.2kg)
  양파 3개
  정향 3개
  마늘 3쪽
  소금 1큰술
  월계수 잎 2장

B 당근 2개
  셀러리 2줄기

C 감자 3개
  순무 3개

만드는 법

1 A의 생닭에 정향 3개를 꽂는다. 양파는 뿌리를 그대로 둔 채 껍질을 벗겨 마늘과 함께 닭의 배 속에 넣는다. B의 셀러리는 10cm 정도 길이로 자른다. 당근은 껍질을 벗겨 2~3등분해서 세로로 자른다. C의 감자, 순무는 껍질을 벗겨서 크면 절반으로 자른다. 여유가 있다면 당근, 감자, 순무는 모서리를 둥글게 깎아둔다.

2 1의 A와 그 3/4 정도의 물(레시피 분량 외)을 압력솥에 넣고(a) 10분 정도 압력을 가한다. 뚜껑을 열고 1의 B를 넣고(b), 다시 뚜껑을 닫고 5분 동안 압력을 가한다. 5분 정도 지났으면 뚜껑을 열고 1의 C를 넣고(c) 약불에서 국물이 없어질 때까지 계속(3~4시간) 끓인다(d). 감자와 순무는 익으면 부스러지기 쉬우므로 어느 정도 익었다면 꺼내두었다가 마지막에 다시 넣어도 된다. 압력솥이 없으면 법랑 냄비에서 계속(5~6시간) 보글보글 끓이자.

3 여기까지 끓이면 닭 배 속에 넣어둔 마늘과 양파가 걸쭉한 페이스트 상태가 되는데 닭고기를 찍어 먹으면 정말 맛있다!

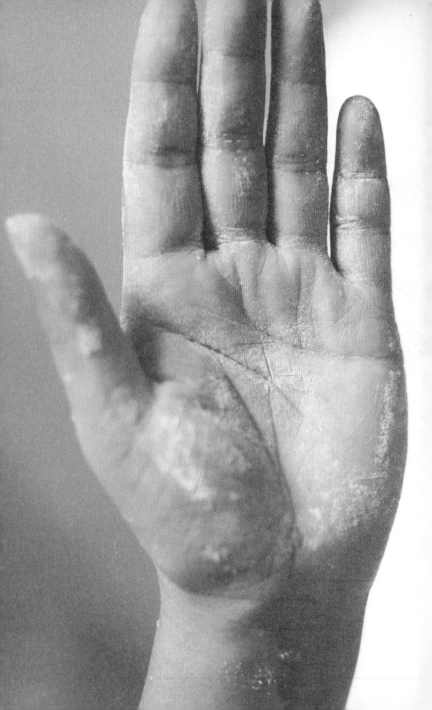

고양이처럼 매일
태도를 갈고 닦자

마음을 채워주는 디저트 레시피

나는 꼼꼼하지 않은 편이다.

뒤집거나 흘리거나
나이를 먹어도 덜렁거린다.
그런 나를 곁눈질하는 고양이들은
우아한 동작으로 득의양양한 미소를 짓는다.

"쓸데없이 왜그리 초조해?
1초 절약한다고 무슨 좋은 일이 생긴다고!
할짝할짝…"

그래, 이럴 때는 좋아하는 과자를 만들며 진정하자.
과자는 없어도 곤란하지 않지만
역시 필요해.

그렇게 말한다고 고양이가 도와주지도 않는데 말이야.

고양이와 과자,
그리고 운명에 대하여

늦은 밤, 부엌에서 달그락달그락 도구를 꺼내기 시작하면 우리 집 고양이들은 서로 눈짓한다.

"또 시작이네. 오늘 밤은 뭘 만드는 걸까?"
"피곤하니까 빨리 자면 좋을 텐데 말이야."
"저게 엄마의 유일한 행복이니까 내버려 두자."

세 마리 고양이들이 부엌을 들여다보는 가운데, 밀가루를 계량하고 버터를 잘게 잘라 볼에 넣은 뒤 정성스럽게 섞는다. 덩어리였던 버터가 밀가루와 하나가 되어가는 모습을 볼 때마다 섞일 것 같지 않은 것이 보기 좋게 섞이는구나, 하고 묘하게 감탄하고 만다. 마치 우리 집 고양이들 같다.

날씬한 검은 고양이 '피가핀제리'는 올해 열한 살이다. 세로줄 무늬가 매력 포인트인 치즈 태비 고양이 '유피테르'는 한 살 아래 인 열 살. 각각 뮤지션 친구가 포스팅한 SNS 정보를 통해 입양했 다. 둘 다 수컷이고 생후 몇 주 만에 버려져 보호시설에 있었다.

파리에서 함께 살았던 선대 고양이 피키가 무지개다리를 건너 고 내 생활이 다시 회복될 무렵에 피가를 입양했다. 피키를 무척 사랑했기에 피키가 무지개다리를 건넜을 때 너무 큰 충격을 받았 고 두 번 다시는 고양이를 키우지 않겠다고 다짐했다. 그런데 반 려인을 찾는다며 SNS에 게재된 피가의 사진을 본 순간, "내 고양 이야!" 하고 마음에 번개가 쳤다. '피가핀제리'라는 남다른 이름 은 당시 내가 구상하던 소설에 나오는 주인공 이름에서 따온 것 이다. 그렇게 우리 집에 온 새끼 고양이 피가가 너무 귀여워서 메 말라있던 마음에 다시 사랑이 샘솟는 것을 느꼈다.

피가는 새끼 고양이 시절부터 아주 독창적이었고 내버려 두면 몇 시간이고 혼자서 노는 아이였다. 하지만 생후 10개월즈음엔 완전히 차분해져서 모든 것을 깨닫고 경문을 베끼는 일이라도 시작한 게 아닐까 걱정할 정도로 아기고양이스러움을 잃었다. 그래서 고양이가 한 마리 더 있으면 피가에게 좋을지도 모른다고 생각한 참에 유피를 만났다.

피가는 치즈태비 형제와 함께 버려졌고 치즈태비인 유피는 보호받고 있던 집의 검은 고양이가 돌봐주고 있었다. 운 좋게도 이런 우연 덕분에 둘은 처음 만났을 때부터 잘 맞아서 진짜 형제처럼 사이좋게 놀았다. 두 마리 고양이와 행복하게 내 이상적인 독신 생활이 실현되어갔다. 자칫 인간 연인조차 필요 없다는 생각이 들 정도로 말이다.

2019년 여름, 나는 주말에 '냥프라'의 프랑스어 수업을 하러 다니던 신주쿠 한 도로에서 고양이 한 마리를 발견했다. 그 고양이는 '도로에 수건이 떨어져 있네?' 하고 착각했을 정도로 나무토막처럼 말라서 찌는 듯한 더운 날씨에 아스팔트 위에 누워있었다. 마치 모든 것을 체념한 듯했다. 고양이의 입 10센티미터 정도 앞에 누군가 주고 간 듯한 검은콩 빵 한 조각이 뒹굴고 있었지만 거기까지 갈 기력도 없이 탈수 증상으로 쓰러진 것 같았다.

그 모습을 본 순간, 나에게는 그대로 방치하고 자리를 떠난다는 선택지는 없었다. 편의점으로 달려가 수건을 사서 축 늘어진 고양이를 감싸 안아 올렸다. 하지만 그 순간 깨달았다.

'어떻게 할 거야, 에미!'

당시 엄마는 말기 암 환자로 병원에 입원해 있었다. 매일 병원에 다니면서 내 일을 해내는 것만으로도 쓰러지지 않은 게 놀라울 정도로 몸도 마음도 여유가 없었다. 게다가 엄마의 치료비를 부담하고 있었기 때문에 경제적으로도 여유가 없었다. 그래도 우선은 목숨을 구하는 일만 생각하고 나중 일은 어떻게든 될 것이라고 의연하게 생각했다.

수업이 끝나고 나를 돕겠다는 학생 몇 명과 함께 집 근처 동물병원으로 달려갔다. 너무 앙상하고 작아서 틀림없이 새끼 고양이일 것이라 생각했는데 상당히 나이가 많은 암컷이었다.

이리하여 나는 빈사 상태의 나이 많은 고양이를 양팔로 끌어안게 되었다.

"이 아이의 이름은 어떻게 할까요?"

병원에서 묻자 무심결에 나는 "이오… 네코자와 이오로 할게요"라고 대답했다.

여기에는 기묘한 복선이 깔린 이야기가 있다. 이오를 만나기 전날 밤, 베란다에서 서성이다 문득 '다음에 고양이를 기른다면 어떤 이름이 좋을까?' 하는 생각이 머릿속을 스쳐갔다. 순간 '왜?' 하고 의아했다. 피가와 유피만으로도 충분히 행복하니 고양이를 한 마리 더 키울 생각은 털끝만큼도 없었는데 말이다. 그러나 거기서 생각이 멈추지 않았다. 차남 유피는 목성 무늬를 닮아서 주피터의 그리스어 발음인 유피테르라는 이름을 지었기 때문에 다음 고양이는 목성의 제1위성인 이오가 좋겠다고 생각했다. 조사해보니 그리스 신화에 나오는 제우스의 옛 연인이며 헤라의 저주로 암소가 되어 제국을 방황하다 이집트에서 인간의 모습을 되찾은 여신 이오가 어원이라는 것을 알게 되었다. 암컷에게만 붙일 수 있는 이름인 데다 내 고양이에게 이런 가혹한 운명을 짊어지게 할 수는 없었기에 이 이름은 안 돼, 그렇게 생각한 바로 다음 날, 내 눈앞에 암컷 고양이가 나타난 것이다.

그 후, 알게 된 사실은 이랬다. 이오는 신주쿠 2초메 근처 바에서 길렀던 고양이였다. 어떤 이유에선지 버려졌고 약 1년 동안 길거리 생활을 어떻게든 참고 견뎌왔다는 사실을 알게 되었다. 내가 리더를 맡고 있는 밴드 이름을 '스핑크스'라고 붙일 만큼 이집트 고고학을 좋아하는 내게 발견되어 거두어졌다는 점도 무서울 정도로 맞아떨어졌다.

방 하나를 이오를 돌보는 방으로 개조하고 낮에는 엄마를, 밤에는 이오를 간호했다. 이오는 밥을 권하면 비틀거리며 일어서서 필사적으로 먹고 약도 싫어하는 기색 없이 잘 받아먹었다. 신기하

게도 이오는 내가 자신에게 무엇을 하려고 하는지 금방 이해했다.

가장 걱정했던 피가와 유피의 반응도 아주 부드러웠다. 겁에 질려서 작게 위협을 반복하는 이오의 케이지로 피가와 유피는 매일 기죽지 않고 병문안을 다녔다. 특히 응석꾸러기에 질투쟁이인 유피가 능숙하게 이오와 조금씩 거리를 좁혀가는 모습은 전혀 예상 밖이었다.

이제까지 내 안에 뿌리 깊었던 '우리 가족은 이것으로 완성!'이라는 굳건한 생각이 한꺼번에 깨끗이 사라졌다. 이오의 출현으로 남자 둘의 다정함이 최대치로 끌어올려졌고 우리의 생활은 새로운 활기로 가득했다.

이오의 회복과 반비례해서 엄마의 병세는 점점 더 악화되었다. 마음을 풀 길이 없는 밤이면 나는 과자를 구웠다. 살아가기 위해 반드시 필요하다고는 할 수 없는, 과자를 만드는 시간은 마음의 위안을 얻는 시간이었다. 밀가루를 반죽하며 부드러운 감촉이 고양이와 비슷하구나, 하고 진지하게 생각한다. 마음이 심란하면 섬세한 반죽은 어수선한 움직임을 간파해 바로 마무리 만듦새가 나빠진다. 그런 부분도 고양이와 닮아있다.

큰 목소리나 번잡스러운 움직임을 싫어하는 고양이들과 살면 그들의 우아하고 품위 있는 모습을 오히려 내가 배운다. 고양이가 싫어하는 움직임은 자연스레 내게도 필요 없는 움직임이다. 늦은 밤 고요한 부엌에서 세 마리 고양이가 좋아하는 조용하고 기분 좋은 음악을 튼다. 고양이들을 대할 때처럼 부드러운 마음으로 반죽을 만지는 일 자체가 터진 상처를 치료하는 최고의 시간이다.

손이 많이 가는 어려운 과자를 만들 시간은 없으니까 최대한 간단하고 응용하기 좋은 레시피를 생각했다. 쇼트브레드는 반죽을 합쳐서 모양을 잡은 뒤 하룻밤 휴지하고 구워두면 치즈케이크 바닥이나 파르페에 사용할 수 있어 편리하다. 마음에 드는 캔에 보관해두면 뚜껑을 열 때마다 집에서 만든 특유의 신선한 버터 향이 피어올라서 그 향만으로도 황홀해진다.

체리 파이 반죽은 필링을 바꾸기만 해도 달콤하고 짭짤한 맛 둘 다 응용이 가능하다. 치즈를 듬뿍 넣어 만드는 투 웨이 비스킷은 그 이름대로 와인 안주나 커피에 다 잘 어울리기 때문에 한 번 만들어두면 다양한 방면에서 활약한다. 그리고 스콘을 만들면 왠지 정체된 것을 '스코-온!*' 하고 가볍게 뚫고 나가는 것 같다. 단순한 말장난이 아니라 심야의 '정리'가 내 행동과 마음가짐 자체를 바꾸기 때문이다.

◆ 무언가를 뚫고 나가거나 관통하는 것을 나타내는 일본어의 의성어와 스콘의 발음이 비슷해서 한 말장난이다.

이오가 나타나고 한 달 반 정도 지났을 때, 엄마가 하늘나라에 가셨다. 그 고통을 극복할 수 있었던 것은 엄마와 같은 무게로 이오가 내 한쪽 팔에 안겨 균형을 잡아주었기 때문이다. 아무리 발버둥 쳐도 구할 수 없었던 엄마의 생명 앞에 가라앉아 있던 내 영혼을 이오가 회복하면서 구했다. 거두어진 것은 나였다. 그 후 이오는 당뇨병을 앓았지만 고양이로서는 아주 드물게 증상이 완화되었다.

이오를 만난 날, 이오는 마지막 힘을 쥐어짜서 구조 신호를 보냈을 것이다. 다행히 내가 그 신호를 눈치챘다. 이 모든 건 우연이 아니라 '운명'이라는 단어를 사용하는 것이 적합하다. 인생에서 손에 꼽을 정도로 드문 강력한 부름이었다고 생각한다. 그때 고양이를 그냥 지나쳤다면, 그때 안아 올리지 않았다면 이미 이 세상에 없을지도 모르는 생명이 오늘도 해가 드는 거실에서 느긋하게 잠들어있다. 찾아온 변화를 받아들였기에 맞이하게 된 새로운 가족의 인연에 둘러싸여서.

프로마주 fromage ◆ 투 웨이 비스킷

어린 시절부터 치즈가 들어간 쿠키나 과자를 좋아했다. 어른들이 술을
마실 때 안주로 내온 과자를 몰래 집어 먹기도 했다. 그 아이가 어른이
되어 누구의 눈치도 보지 않고 마음껏 과자를 먹으려고 고안한 레시피
다. 게다가 커피용과 와인용 과자를 따로 만드는 건 귀찮으니 맛도 좋고
양쪽에 다 잘 어울리는 비스킷으로 당첨!
비닐로 된 짤주머니는 깍지가 금방 분리되므로 제과용을 사용하자. '후
추에 바닐라 오일을?'이라고 신기하게 생각할지도 모르지만 이 조합은
깜짝 놀랄 만큼 궁합이 좋다. 햄버그스테이크의 전형적 향신료인 넛맥도
훌륭한 역할을 한다.

....

재료(만들기 쉬운 분량)

박력분 180g
무염버터 120g
소금 1/2작은술
사탕수수 설탕 35g
달걀 1개

넛맥 1/2작은술
후추 1/2작은술
바닐라 오일 적당히
하드 치즈 간 것(콩테, 그뤼에르 등 맛이 진한
것) 50g

만드는 법

1 버터와 달걀은 냉장고에서 미리 꺼내
둔다. 하드 치즈는 곱게 갈아서 쓰기
직전까지 냉장고에 넣어두는 게 좋다.
박력분은 체에 내려둔다.

2 볼에 1의 버터와 소금을 넣고 거품기
로 크림 형태가 될 때까지 섞다가 사탕
수수 설탕을 넣어 다시 잘 섞는다. 달
걀을 풀어서 2~3회로 나누어 반죽에
넣고 섞다가 넛맥, 후추, 바닐라 오일을

넣고 잘 섞는다. 나무 주걱으로 바꿔서
치즈를 넣고 1의 박력분을 2~3회로
나누어 깔끔하게 섞는다.

3 오븐 팬에 오븐 시트를 깔고 별 모양
깍지 8절을 끼운 짤주머니에 2의 반죽
을 넣고 6cm 길이의 막대 모양으로
짠다. 160℃로 예열한 오븐에 12~13
분 정도 구워 키친타월을 깐 바구니에
옮겨서 식힌다.

막힌 운을 터주는 브리티시 스콘

왠지 모르지만 스콘을 만들면 막혀있던 문제가 해결되거나 기분이 스-콘! 하고 풀린다. 스콘에 빠트릴 수 없는 클로티드 크림은 따뜻하게 데우면 굳는 성질이 있어서 손으로 크림이 든 용기를 쥐고 따뜻하게 해서 스푼으로 젓다가 원하는 굳기가 되면 멈춘다.

스콘 만들기의 성공을 증명하는 옆구리 갈라짐은 '늑대의 입'이라 불린다. 물론 굽는 정도에 따라 자연스럽게 생기는 것으로 미리 칼집을 내지는 않는다. 냉장 보관하거나 반으로 갈라서 냉동 보관도 가능하므로 급하게 손님에게 차를 대접할 때도 큰 도움이 된다.

초봄에는 딸기를 올려서 설탕을 뿌린 딸기 타르틴 스콘 버전도 자주 만든다. 다른 밀가루로 만든 과자와는 달리 갓 구웠을 때가 가장 맛있다.

- -

재료(지름 6cm의 원형 찍기 틀 9개 분량)

박력분 225g
베이킹파우더 1큰술
소금 1/4작은술
무염버터 50g(가로세로 1cm로 잘라서 차갑게 해둔다)
달걀 1개

우유 5큰술
강력분 약간(반죽이 달라붙지 않게 하는 용도)
달걀노른자 1개(광택용)
물 약간
클로티드 크림 적당량
좋아하는 잼이나 과일

만드는 법

1 볼에 체에 내린 박력분과 베이킹파우더, 버터와 소금을 넣고 처음에는 양 손가락 끝을 이용해 버터를 으깨듯이 박력분과 섞는다. 점점 박력분이 노랗게 변하며 전체가 몽글몽글해지면 양 손을 비비듯이 해서 다시 섞는다.

2 가운데를 살짝 오목하게 만들어 달걀과 우유를 넣고 반죽 전체에 수분이 골고루 퍼질 때까지 적당히 섞었으면 볼을 회전시키며 손바닥 아래쪽을 이용해 앞에서 안쪽으로 밀듯이 반죽한다. 이 과정을 반죽이 매끄러워질 때까지 계속한다.

3 반죽이 달라붙지 않도록 강력분을 뿌린 판 위에 2의 반죽을 한 덩어리 올린다. 밀대에 밀가루를 묻혀서 1cm 정도 두께로 펴서 틀로 찍어낸다. 남은 반죽을 한데 모아 다시 반죽하고 펴서 틀로 찍어내는 것을 반복한다.

4 오븐 팬 위에 테프론 시트나 유산지를 깔고 틀로 찍어낸 반죽을 가지런히 놓는다. 물에 적신 솔로 달걀노른자를 반죽 윗부분에 골고루 바르고 220℃로 예열한 오븐에서 8분 동안 굽는다. 클로티드 크림과 잼을 곁들여서 먹자.

Necozawa's recipe 쇼트브레드

쇼트브레드 반죽의 단단함은 휴지 시간에 의해 좌우되므로 가능하면 이틀 밤 휴지하면 더 좋다. 무스틀이 없는 경우에는 비닐봉지에 반죽을 넣어 휴지한 후 네모나게 잘라 나눠서 포크 등으로 반죽에 구멍을 뚫어도 OK. 나는 동그랗고 클래식한 모양을 좋아해서 치즈케이크에도 사용할 수 있는 둥근 무스틀을 샀다.

쇼트브레드가 다 구워졌으면 틀에 올린 그대로 5분 정도 식혔다가 아직 부드러울 때 잘라서 나누면 단면이 아름답게 완성된다.

캔이나 그릇에 넣어두고 하룻밤이 지나야 맛과 향기의 진면목을 느낄 수 있다. 그대로 먹어도 좋고 부숴서 치즈 케이크를 만들 때 바닥에 깔거나 파르페의 크럼블로 사용하면 응용 폭이 넓어진다. 항상 상비해두는 과자다.

....

재료(15cm 무스틀 하나 분량)

박력분 115g

쌀가루 50g

무염버터 115g

소금 1/4작은술

그래뉴당(사탕수수 설탕도 가능) 50g

만드는 법

1 볼에 상온에 꺼내 둔(혹은 전자레인지로 30초 가열) 버터와 소금을 넣고 거품기로 크림 형태로 만든 뒤 그래뉴당을 2~3회로 나누어 넣으면서 흰색이 될 때까지 잘 섞는다.

2 1의 볼에 박력분과 쌀가루를 섞어서 체에 내려서 넣고 나무 주걱으로 자르듯이 확실하게 섞어 반죽을 만든다. 반죽을 나무 주걱으로 한 번에 퍼 올려서 볼 바닥에 세게 내리친다. 이를 2~3회 반복해 공기를 뺀다.

3 판 또는 케이크 모양 바닥 판을 이용해 테프론 시트를 깔고 그 위에 무스틀을 둔다. 2의 반죽을 넣고 손가락으로 누르듯이 바닥에 빈틈없이 깐다. 가장자리는 아이스크림 스푼 등으로 누른다 (a).

4 무스틀을 빼고 젓가락 등을 이용해 측면에 물결 모양을 만든다(b). 귀찮으면 그대로 구워도 괜찮다. 포크로 끝에서부터 연달아 패턴 모양을 만들어도 재미있다. 가볍게 랩을 씌우고 최소 하룻밤 정도 냉장고에서 휴지한다.

5 냉장고에서 꺼낸 반죽 표면에 칼로 살짝 8등분의 칼집 모양을 넣는다. 젓가락이나 대나무 꼬치로 한 조각에 세 군데를 반죽 아래까지 확실하게 찔러 구멍을 낸다.

6 150℃로 예열한 오븐에서 40분 정도 굽는다. 다 구워졌으면 오븐 팬에 얹은 채로 5분 정도 식힌다. 완성한 쇼트브레드는 부드러울 때 잘라서 다시 식히고 보존용 캔이나 그릇에 옮겨 보관한다.

지옥의 체리 파이

원래는 데이비드 린치David Lynch 감독의 〈트윈 픽스〉에 나오는 체리 파이가 먹고 싶어서 만들기 시작했다. 일본에서는 체리 파이를 파는 곳이 거의 없다는 이유도 있었다. 온갖 수단을 다 동원해도 굽는 도중에 파이 속 재료가 약간 넘쳐흘러서 '지옥의 체리 파이'라는 이름을 붙였다.

신슈스도농원信州須藤農園의 무설탕에 과일 100퍼센트인 사워체리 잼을 사용하면 파이 속을 간단하게 만들 수 있다. 반죽은 식초(화이트 와인 식초나 사과 식초를 추천)를 넣어 만드는 미국 로컬 레시피다. 이 반죽만 있으면 애플 파이나 치킨 파이 등 달콤 짭짤 두 마리 토끼를 잡을 수 있다. 반죽을 휴지하지 않고 두 번 구울 필요 없이 사용할 수 있어 실용적이다.

....

재료(21cm 크기의 바닥이 빠지는 타르트 틀 1개 분량)

• 반죽
박력분 250g
무염버터 50g
소금 1/4작은술
우유 6큰술
식초 1큰술

• 그 외
달걀노른자 1개(광택용)
강력분 적당량

• 파이 속 재료
사워체리 잼 430g 1병
레몬즙 1큰술
키르슈* 1큰술(없어도 OK)
녹말가루 1큰술
물 1큰술

♦ 체리를 양조, 증류하여 만든 증류주.

148

만드는 법

1 오븐을 200℃로 예열한다. 파이 틀이 테프론 가공이 아닌 경우에는 버터(레시피 분량 외)를 바르고 강력분(레시피 분량 외)을 뿌려둔다. 버터는 작은 네모 모양으로 잘라서 사용하기 직전까지 차갑게 냉장고에 넣어둔다.

2 파이 속 재료를 만든다. 사워체리 잼을 볼에 쏟고 레몬즙, 키르슈를 넣어 잘 섞는다. 여기에 물에 푼 녹말을 넣고 다시 잘 섞는다.

3 반죽은 볼에 버터와 소금, 체에 내린 박력분을 넣고 처음에는 양손 손가락 끝을 이용해 버터를 으깨듯이 밀가루와 섞는다. 점점 가루가 노랗게 변하고 전체적으로 고슬고슬해지면 양손을 비비듯이 반죽해 잘 섞는다.

4 반죽 중앙을 살짝 오목하게 만들어서 우유와 식초를 넣는다. 처음에는 젓가락 2개로 휘휘 저어서 섞고 대강 정리되면 손바닥으로 누르듯이 가볍게 반죽한다. 전체에 수분이 골고루 퍼지면 OK. 반죽을 2/3로 나누어 자르고 나머지는 랩으로 덮어둔다.

5 2/3로 나눠둔 반죽을 강력분을 뿌린 판 위에 올린다. 밀대에도 반죽이 달라붙지 않도록 강력분을 묻힌 후, 모양 좋게 5cm 정도의 큰 원형으로 편다. 틀에 반죽을 깔고 남은 반죽은 잘라서 4에서 나눠둔 반죽과 가볍게 반죽해 잘 섞어둔다.

6 2의 파이 속 재료를 5에 붓고 남은 반죽을 펴서 밀대를 자 대신 대고 1cm 폭의 긴 리본 끈 모양으로 자른다. 깔아둔 반죽 테두리에 물을 살짝 묻혀서 가로세로로 올려놓는다. 이때 리본 끈 모양 반죽을 너무 당기면 끊어지거나 파이 틀의 반죽이 뒤틀리므로 살짝 올린다. 단, 파이 틀 쪽 반죽과 위에 올린 반죽의 이음새를 확실하게 붙인다. 남은 반죽은 잘라낸다.

7 풀어둔 노른자를 물에 적신 솔로 반죽의 가로, 세로, 테두리에 골고루 바른다. 200℃ 오븐에서 30분 굽는다. 다 구워지면 그대로 식히고 완전히 식기 전에 틀에서 빼서 냉장고에 2~3시간 넣어두고 파이 속 재료를 굳힌다.

여신
이오와의
만남

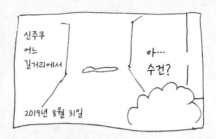

간호가
시작됐다

이렇게 간호가 시작됐다.

스와 아부

'스'와 '아부'라고 불리는 이유

네코자와파의 맹세

* 고샤 히데오ゴシャヒデオ 감독의 영화
〈기류인 하나코의 일생〉의 주인공.

엄마와의
마지막 인사

장례식이 끝나고

엄마가 돌아가셨다.

천국에 가서 " " 재미있는 메일을 보낼 테니까~

이것이 사세구*였다.

진짜로 보낼 것 같아

장례식 후 수일간

열심열심

으이구, 제대로 닦아!

기억이 없다.

하지만 이오는 엄마가 생명을 나눠준 것처럼 건강해졌다.

엄마, 고마워요

그런데…

이상해

야호~

똥 똥

!!

몸과 어울리지 않는 양의 응가가!!

* 죽을 때 남겨 놓는 시가 따위의 문구.

이오가 당뇨라고?!

고양이에게는 정말 드문 일이라고 한다.

행복이여,
영원히···✧

그러니까
지금이 있다

때때로 상상한다.

매일
고양이들을 쓰다듬기만 하면서
살면 얼마나 좋을까.

하지만
매일 고양이들을 쓰다듬기만 하는 사람이 된다면
분명 나는 재미없는 사람이 되겠지.

그리고
매일 고양이를 쓰다듬기만 하는
재미없는 사람이 된다면
그 재미없는 사람과 사는 고양이들도
재미없는 고양이가 되겠지.

아, 배가 고파졌다!
뭔가 먹자.

그래서 나는, 매일 요리를 한다.

인생을 더 멋지게
살아가기 위해

내일의 나를 위한 준비

오늘도 나는
나를 위해 요리한다

50세가 되었다. 어린 시절에 상상했던 '50세'는 더 나이든 외모에 인생 끝 무렵이라는 이미지였다. 내가 태어났을 때 할머니가 49세였기에 더더욱 50세는 할머니라는 이미지가 강했다. 청년기에 가지고 있던 50세의 이미지는 더 구체적이고 비장한 느낌이었고, 상상할 수도 없었다(하고 싶지 않았다). 하지만 실제로 50세가 되어 보니 '어라? 의외로 제대로 살고 있어', '50세란 이런 거구나?' 하는 김빠짐과 '아직 꽤 젊은데?', '역시 몸은 약해졌어'가 뒤섞여 있다. 잔잔한 바다에 정박해 있는 배처럼 현실을 제대로 마주한 뒤의 평온한 기분이랄까.

50세를 맞이하기 전에 부모님을 모두 떠나보냈다. 사실 50세가 되었을 때 50이라는 숫자보다 인생의 선배 역할을 해주던 부모님이 곁에 없다는 게 훨씬 더 충격이었다. 세 남매 중 장녀인 나는 부모님이 돌아가신 순간, '다음은 나구나' 하는 저항할 수 없는 메멘토 모리와 마주하게 되었다.

memento mori, 라틴어로 '죽음을 생각하라'란 뜻이다. 즉, 누구에게나 죽음은 당연히 찾아온다는 격언이다. 부모님은 죽음 앞을 가로막아 자식들을 죽음의 그림자로부터 보호해주고 있었던 것이다. 그 벽이 사라졌을 때 나의 삶과 죽음에 대해서, 그리고 앞으로의 인생에 대해 생각하지 않을 수 없었다.

젊은 시절처럼 하루 벌어서 하루 살고, 다양한 사람들을 만나고, 사귀고, 교류하고, 상처받고, 다시 일어설 시간은 이제 없다. 지금까지 살아오면서 만들어온 내 나름의 지침이나 철학에 맞는 사람을 골라 시간을 소중하게 사용하면서 남은 인생을 기분 좋고 의미 있게 살아가고 싶다고 다시금 생각하게 되었다. 이는 내 세포 하나하나가 외치는 소리다. 슬픈 일이 아닌 아주 당연한 자연의 섭리로, 내게는 이제 남은 시간이 그리 많지 않다.

그러므로 50세는 아주 중요한 인생의 터닝포인트다. 20대였을 때, 39세에서 40세가 되었을 때는 40대를 살아갈 자신에게 메

멘토를 담을 필요가 없었다. 하지만 49세에서 50세가 되니 60세, 70세라는 노년기가 바로 눈앞이었다. 이제 어느 정도 미래를 준비해둘 필요가 있었다.

요리에도 그런 점이 반영되었다. 구비해두는 채소나 미리 만들어두는 음식 등에 흥미가 없었는데 냉장고에서 꺼내 바로 사용할 수 있는 이런저런 것들을 내 나름대로 연구해서 두게 되었다. 몸 관리에 무관심했던 탓에 70대 초반이라는 젊은 나이에 세상을 떠난 부모님을 반면교사로 삼기도 했다.

병에 걸려 괴로워하는 것은 자기 자유지만 주변 사람에게 악영향이나 걱정을 끼치는 것에는 책임을 져야 한다. 이런 생각은 큰병을 경험하고 나이를 먹으면서 점점 커졌다. 자신을 소중히 아껴주는 사람들을 슬프게 하는 것은 어른이 할 일이 아니다.

프랑스인 남자친구와 함께 살자는 이야기가 나온 것은 내가 46세, 남자친구가 47세일 때였다. 40대 후반이 된 우리는 다가오는 '50세'를 느끼기 시작했다. 이제까지 서로의 나라에서 책임을 다했으니 슬슬 우리만의 인생을 생각해보자고 한 것이 계기였다. 남은 인생을 일본에서 살지, 프랑스에서 보낼지 고민하던 그 시점에, 일본에 귀국한 지 10년이 지난 내게는 이미 답이 나와있었다. '나는 그와 남은 인생을 프랑스에서 보낼 거야.'

안타깝게도 이렇게 결정하자마자 부모님이 말기 암이라는 사실을 알게 되었다. 전부터 내가 프랑스로 가면 부모님의 노후를 남동생들에게 맡겨야 한다는 막연한 불안함이 있었다. 그런데 어느 날 갑자기 부모님의 마지막을 배웅하는 전장에 놓이게 된 것이다. 도저히 일본을 떠날 수 없었던 그때, 그가 일본에 와 주었다.

그리고 며칠 후, 아버지가 고향에서 엄마 혼자 지켜보는 가운데 세상을 떠났다. 아버지의 부고를 전화로 전해 들었을 때, 평소라면 멀리 떨어진 프랑스에 있을 그가 눈앞에 있었다. 내 표정을 읽은 그는 전화를 끊자마자 강하게 나를 껴안았다. 가족을 잃은 슬픔을, 그 순간에 그와 나눌 수 있어 다행이었다. 일주일만 있으면 아버지에게 남자친구를 소개할 수 있었는데. 속상하고 참담한 기분이었다. 아마 수줍음이 많은 아버지는 내 남자친구를 하늘에서 내려다보며 "꽤 괜찮은 남자잖아. 시집가기엔 좀 늦었지만 내 딸을 자네한테 주겠네"라고 말하셨을 것이다.

아버지가 돌아가신 날 밤, 남자친구에게 이 이야기를 해주었다. 11월 중순, 별이 반짝이는 추운 겨울의 베란다에서 아버지를 위한 초를 켜면서.

돌아가시기 일주일 전까지도 제대로 된 재킷에 헌팅 캡을 쓰고 휠체어라니 진짜 없어 보인다며 지팡이를 짚고 병원에 다니던 아버지. 암을 선고받았을 때, 수술을 권하는 의사에게 결연한 태도로 이렇게 말했다.

"수술도 치료도 안 하겠습니다. 태어날 때는 선택할 수 없지만 죽는 방법 정도는 내가 결정하겠소."

아버지는 선고받은 여명보다 훨씬 오래, 고향 집에서 좋아하는 방식대로 살았다. 제멋대로에 안하무인의 사람이었지만 아버지의 마지막은 가족에게 최소한의 고통밖에 주지 않았고, 동시에 자신의 존엄함도 지킨 현명한 죽음이었다.

사실 결코 좋은 아버지라고는 할 수 없다. 아버지라는 역할을 무시하고 자신이 좋아하는 일만 하다 떠났다. 그런 아버지를 어린 시절에는 원망하기도 했다. 하지만 이 나이가 되고 보니 누구나 한 사람의 인간으로서 살고, 마지막 또한 한 사람의 인간으로서 죽을 권리가 있다는 것을 알게 되었다. 설령 가족이라 해도 순수한 개인의 죽음을 타인의 잣음으로 어지럽혀서는 안 된다. 그리고 그런 부모님을 이해하고 용서할 기회는 살아있는 동안밖에 없다는 것도 알게 되었다.

나도 나 자신인 채로 언젠가 이 세상을 떠나고 싶다. 아버지처럼 무책임한 인생을 살고 싶지 않지만 그래도 아버지는 멋진 사람이었다고, 이제는 말할 수 있다.

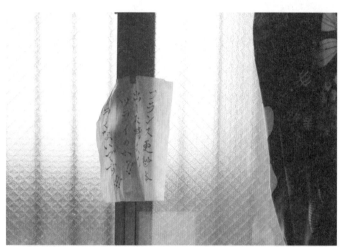

부모님의 죽음을 배웅하고, 특히 엄마의 마지막 한 호흡까지 동생들과 배웅한 것은 삼도천의 강물 깊은 곳까지 엄마의 손을 이끌며 우리 자신도 산 죽음을 경험한 것이었다. 부모가 자식에게 주는 마지막 선물은 언젠가 반드시 찾아올 죽음의 예행연습이다. 부모와 자식이라는 틀을 뛰어넘어 생을 다한 선배로서 '남은 인생, 열심히 살아라'라는 메시지가 곁들여진 생명의 선물이다.

용서하고, 배웅하고, 메멘토를 담을 만큼 담은 후에 나는 내 어느 한 부분이 새롭게 다시 태어난 것처럼 느껴졌다. 거울을 들여다보면 하루가 다르게 처지는 뺨, 깊어지는 팔자주름, 기미도 잔주름도 당연히 생긴다. 하지만 그런 것은 미미한 문제다.

자신과 마주하고 어떻게 살고 싶은가 질문한다. 내일의 일은 알 수 없지만 오늘 할 수 있는 일은 최대한 미루지 않는다. 융통성 없이 결정하지 말고 불어온 바람을 온화하게 받아들이고 그때마다 차분히 생각해 자신의 의지로 선택한다.

그리고 오늘도 나는 나를 위해 요리한다. 두 번 다시 오지 않을 이 순간을 더 잘 살아가기 위해서. 먹는 것은 살아가는 것이니까. 멋으로 여기까지 살아온 게 아니다. 희로애락의 다양한 순간들을 경험한 자신을 더 믿어도 된다. 그래도 혹시 불안하다면 이 말을 해보았으면 한다.

"슬퍼도 배는 고프고, 내일은 어김없이 찾아온다."

Necozawa's recipe **수제 베샤멜 소스**

채소도 해산물도 무엇이든 맛있게 만들어주는 베샤멜 소스는 한꺼번에 많이 만들어야 실패하지 않는다. 대부분의 실패 원인은 박력분의 끈기를 완전히 빼지 못해서, 즉 볶는 시간이 부족했기 때문이다.

차분하게 약 13분 가량 진한 오렌지색이 도는 갈색이 될 때까지 볶으면 밀의 향기가 피어오르고 뭉치지 않고 매끄럽게 완성된다. 냉장 보관한다면 표면을 평평하게 펴고 랩을 빈틈없이 밀착시켜서 일주일, 냉동한다면 사용하기 쉽게 100g씩 소분해서 2~3개월 보관할 수 있다. 수제 베샤멜 소스로 만든 양배추 롤 그라탱은 정말 맛있다!

. . . .

재료(만들기 쉬운 분량)

무염버터 100g   양파 1/4개
박력분 100g   월계수 잎 1장
우유 1L

만드는 법

1 냄비에 우유, 얇게 썬 양파, 월계수 잎을 넣어서 약불로 데우고 끓기 직전에 불을 끈다.

2 다른 냄비(법랑이 최고다!)를 불에 올려서 버터를 녹이고 체를 친 박력분을 넣고 나무 주걱으로 잘 볶는다. 불은 항상 아주 약한 불로 한다. 처음에는 걸쭉하지만 점점 박력분의 끈기가 빠지면서 물처럼 부드러워진다. 이 상태가 되면 나무 주걱을 쉬지 않고 빠르게 젓는다. 10분이 지나면 냄비에서 점차 향긋한 냄새가 난다. 여기서 1~2분 더 볶아서 (타지 않을 정도로) 전체가 오렌지색이 되고 고소한 향이 나면 불을 끈다.

3 1을 거름망이나 손잡이가 달린 채반 등으로 걸러 2의 냄비에 조금 넣고 잘 저어서 섞는다. 처음에는 끓어오르므로 주의하자. 1을 조금씩 넣으며 잘 섞기를 반복한다. 반죽의 끈기만 제대로 빼면 뭉치지 않는다. 만일 덩어리가 생겼다면 거품기로 휙휙 저으면 어떻게든 되기 때문에 너무 신경 쓰지는 말자.

4 완전히 식으면 소분해서 냉동하거나 보존 용기에 넣어서 냉장 보관한다. 그라탱은 1인분에 100g＋생크림 50cc가 기준이므로 소분할 때 참고하자.

a 우유는 박력분을 붓기 시작할 때 약한 불에 올려두면 딱 적당하게 끓는다.

b 박력분은 한 번에 넣고 버터와 재빨리 섞는다.

c 처음에는 마치 슈크림 반죽처럼 걸쭉하지만 점점 부드러워진다.

d 나무 주걱으로 냄비 바닥을 긁었을 때 잠깐 바닥이 보이는 정도로 부드러운 상태가
되었다면 이제 조금만 더(이 시점에서 약 10분 정도)!

e 약 13분이 지나면 오렌지색이 도는 진한 갈색이 되고 고소한 냄새가 피어오른다.

f 우유를 넣을 때는 반드시 불을 끄자. 처음에는 약간만 넣고 재빨리 섞는다.

g 1L의 우유를 5~6회로 나누어 넣는다. 넣을 때마다 재빠르게 섞자.

h 우유를 전부 다 넣은 순간, 부드러운 베샤멜 소스 완성!

양배추 롤 그라탱

재료(2접시 분량)

수제 베샤멜 소스 200g

양배추 롤 2개

　*만드는 법 75쪽

생크림(우유, 두유도 가능) 30cc

양배추 롤 수프 50cc

소금, 백후추 각각 약간

하드치즈 간 것(콩테, 그뤼에르 등 맛이
진한 것. 슈레드 치즈, 가루 치즈도 가능)
30g

빵가루 1큰술

만드는 법

1 오븐은 200℃로 예열해둔다. 양
  배추 롤도 가볍게 데워둔다.

2 베샤멜 소스와 양배추 롤의 수프
  를 작은 냄비에 넣고 약불에서 데
  우면서 잘 섞는다. 불을 끄기 직전
  에 생크림을 넣고 맛을 보면서 소
  금, 후추를 취향에 따라 추가한다.

3 내열 접시에 양배추 롤을 놓고
  위에서부터 2의 베샤멜 소스를
  충분히 뿌리고, 치즈 간 것과 빵
  가루를 올려서 표면이 갈색이 될
  때까지 오븐에서 13~15분 정도
  구우면 완성!

3종 기본 소스

채소 오히타시お浸し*를 너무 좋아해서 냉장고에 항상 데친 채소를 쌓아 둔다. 하지만 항상 정석인 참깨 무침뿐이라면 조금 심심하다. 양념만 바꾸면 같은 채소라도 질리지 않고 먹을 수 있다.

나는 항상 맛이 다른 소스 두세 가지를 만들어둔다. 채소뿐만 아니라 찐 생선이나 고기에도 사용할 수 있어 아주 편리하고 2~3회 쓸 수 있는 양으로 만들면 신선하게 보관할 수도 있어 좋다.

'향 흑초 소스'는 미역을 올린 냉두부나 양배추 김 무침에 딱이다. '매실 참깨 소스'는 시금치 등의 푸른색 채소류에 만능이다. '유자 명란'은 어묵과도 궁합이 좋고 구운 떡에 뿌려 먹으면 최고다.

....

재료

• 향 흑초 소스

간장 2와 1/2큰술

흑초 1과 1/2큰술

카야노야 육수(구운 날치)

1/2작은술

취향에 맞는 고추기름 1/4~1/2작은술

으깬 산후추 3~5g

• 매실 참깨 소스

액상 참깨소스 2큰술

카야노야 육수(구운 날치) 1/2작은술

사탕수수 설탕 2작은술

고추기름 2작은술

재스민 티(호지차, 보리차 등도 가능)

1~2큰술

두드려 으깬 매실장아찌 1개

• 유자 명란

명란 작은 크기 1개(얇은 막을 제거한다)

레몬즙 1/2작은술

카야노야 육수(구운 날치) 1/2작은술

잘게 썬 유자 껍질 5g 정도

마요네즈 1큰술

요거트 1큰술

간장 1방울

♦ 데친 채소를 간장으로 맛을 낸 가다랑어포 육수에 담가 맛이 배도록 두었다가 먹는 음식.

매실 참깨 소스

유자 명란

향 흑초 소스

만드는 법

각각의 재료를 합쳐서 잘 섞는다. 향 흑초 소스, 매실 참깨 소스는 일주일 정도, 유자
명란 소스는 3~4일간 냉장고에 보관하고 먹을 수 있다.

양배추 김 무침

재료(1~2인분)

데친 양배추 1/4개 분량
김 1/2장
향 흑초 소스 1큰술

만드는 법

양배추를 삶아서 물기를 꽉 짜고
볼에 담는다. 김을 잘게 찢어서 향
흑초 소스와 버무리면 완성!

꽃의 수명은 짧으니까, 제철 과일 마리네

채소 가게 앞에서 흠집이 난 과일을 발견하면 마치 버려진 고양이를 발견한 것 같은 기분이 들어 사지 않을 수가 없다. '좋아, 아줌마가 아가씨들을 맛있는 마리네로 바꿔줄게!' 그런 마음으로 집에 데려온 복숭아, 자두, 감귤류, 무화과, 그리고 마리네에도 잘 어울리는 딸기는 잼을 만들 때 쓰는 것처럼 작은 것이 오히려 적합하다.

설탕은 사탕수수 설탕, 흑설탕, 사탕무 설탕 등을 추천하고, 식초도 화이트 와인으로 대체하거나 흑초 등을 사용해도 무방하다. 허브는 로즈메리, 민트, 타임 등 과일에 따라 바뀐다.

마리네의 우러나온 주스째 드레싱으로 뿌린 과일 샐러드에 치즈를 곁들이거나 파르페 재료로 사용하는 등 즐기는 방법은 무한대다.

....

재료

• 딸기 마리네

딸기 1팩

A 레드 와인 식초(호리스 와인 식초, 화이트 발사믹, 흑초 등도 가능) 1~2큰술
   레몬즙 1큰술
   사탕수수 설탕(흑설탕도 가능) 1~2큰술
   꿀 2작은술
   바질 1줄기(잎 4~5장)
   흑후추 약간

• 무화과 마리네

무화과 1팩

A 호리스 와인 식초(화이트 와인 식초, 사과 식초도 가능) 1~2큰술
   레몬즙 1큰술
   사탕무 설탕(사탕수수 설탕도 가능) 1~2큰술
   로즈메리 2줄기
   백후추 약간

● 자몽 마리네
자몽 2개

A 호리스 와인 식초(화이트 와인 식초, 사
　　과 식초도 가능) 1~2큰술
　　레몬즙 1큰술
　　꿀 2큰술
　　강판에 간 생강 1조각 분량
　　민트 1줄기
　　카다멈 분말 1/4작은술
　　백후추 약간

만드는 법

1 딸기는 꼭지를 떼고 큰 것은 먹기 좋
　은 크기로 자른다. 자몽은 얇은 껍질까
　지 벗겨서 과육만 발라둔다. 무화과는
　껍질을 벗기고 세로로 반을 자르거나
　1/4로 자른다.

2 각 A와 각 과일을 볼에 넣고 양손으로
　살살 섞어서 냉장고에 최소 1시간 정
　도 넣어두면 완성이다. 소비 기한은 5
　일 정도다.

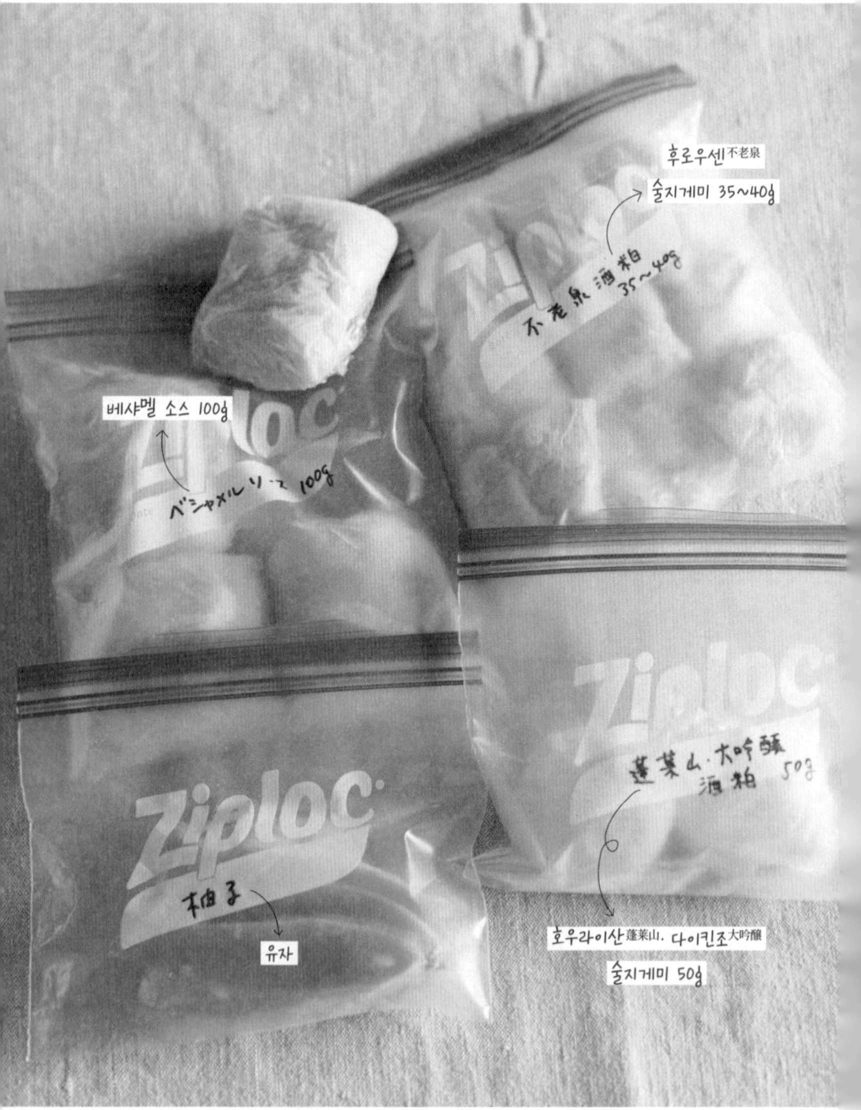

후로우센 不老泉
→ 술지게미 35~40g

不老泉 酒粕
35~40g

베샤멜 소스 100g

ベシャメルソース 100g

蓬莱山. 大吟醸
酒粕 50g

柚子
유자

호우라이산 蓬莱山. 다이킨조 大吟醸
술지게미 50g

낭비 없는 냉동 보관법

혼자 살면 사용하는 재료가 적으니까 냉동해두었다가 필요한 만큼 꺼내서 요리하는 게 재료를 낭비하지 않고 능숙하게 다 사용할 수 있는 지혜가 아닐까.

버섯을 좋아하는 나는 날것을 사용할 때보다 냉동 후 사용했을 때 오히려 더 신선한 느낌이 나는 버섯 3~5종류를 항상 구비해 놓는다. 매일 된장국에 빠트리지 않고 넣는 술지게미도 소분해서 냉동해둔다.

베샤멜 소스는 물론이고 유자나 카보스^{Kabosu}◆ 등 제철이 지나면 구하기 힘든 감귤류 껍질, 그리고 빠트릴 수 없는 것이 생햄이다. 허브를 냉동했다 써도 괜찮냐는 질문을 자주 받는데 프랑스의 슈퍼마켓에서는 냉동 생허브를 판매하기 때문에 거기서 지혜를 빌려왔다. 냉동해두면 팩으로 산 허브도 낭비하지 않고 필요할 때마다 쓸 수 있다.

◆ 유자와 비슷한 과즙이 많은 시트러스류 과일.

신슈스도농원 信州須藤農園

옛날 방식 그대로 만드는 '스도 잼'에서 만든 '엄선한 과일 100%·무설탕 고품질' 브랜드. '과일 100%' 시리즈의 사워체리 잼에 반해서 인터넷에서 정기적으로 구입하고 있다. 크랜베리 잼은 스콘에 곁들이면 최고다.

sudo-jam.co.jp/sudonouen.html

오미야 近江屋 양과자점

1884년에 창업한 도쿄·간다를 대표하는 노포 양과자점. 이 책을 쓰면서 큰 신세를 졌다. 클래식한 내부와 옛날 모양 그대로의 케이크들. 과일 전문점인 만큼 시기에 따라 딸기 상표를 지정해 케이크를 주문할 수 있다.

주소 도쿄도 치요다구 간다 아와지초 2-4
Tel 03-3251-1088
영업시간 9~19시(일요일과 공휴일은 10~17시 반)
정기휴일 없음(연말연시 제외)
ohmiyayougashiten.co.jp

구바라혼케 카야노야 久原本家 茅乃舍

요리를 할 때 육수는 굉장히 중요하지만 매일 만들 수도 없고 여러 종류를 갖춰놓기도 어렵다. 그래서 내가 선택한 기본 육수가 '카야노야 육수(구운 날치)'와 '채소 육수(콩소메 맛)'다. 이 두 가지만 있으면 일식과 양식 요리를 대부분 할 수 있으며 활용도가 높다.

kubara.jp/kayanoya

리켄 소재의 힘 육수 リケンの素材力だし

슈퍼마켓에서 부담 없이 살 수 있는 육수 중에는 신뢰도 넘버원인 '소재의 힘 육수-가다랑어'다. 왠지 모르게 샌드위치에 들어가는 달걀은 이 육수가 아니면 그 맛이 나지 않는다. 참고로 같은 시리즈인 '소재의 힘 육수-다시마'도 어디에나 활용하기 좋은 만능 육수다.

rikenvitamin.jp/household/products/dashi

호리스 와인 식초 ホリスワインビネガー

1935년에 탄생한 일본 최초의 와인 식초. 야마나시현산 포도 100%로 만든 이 식초는 화이트 와인 식초의 산뜻함과 레드 와인 식초의 진한 맛을 모두 가지고 있어서 한 병만 있으면 대부분의 요리에 활용할 수 있다. 클래식한 병도 멋지다.

fujimineral.jp/products/wine-vinegar

비버 브레드 BEAVER BREAD

긴자의 유명 가게 '블랑제리 레칸'의 셰프였던 와리
타 게이치의 가게. 내게는 '주식은 생활 도보권 내
에서 조달해야 한다'라는 모토가 있다. 게다가 이
곳의 빵 드 캉파뉴 '마르티그라'는 기절초풍할 정
도의 퀄리티. 모든 빵이 훌륭하고 맛있다.

주소 도쿄도 추오구 히가시혼바시 3초메 4-3
Tel 03-6661-7145
영업시간 8~19시(토·일·공휴일은 18시까지)
정기휴일 월·화
facebook.com/beaver.bread

오리미네 베이커스 オリミネベーカーズ

대표 메뉴인
곰돌이 빵입니다!

일본의 부드러운 식빵에 남다른 애정을 갖고 있는
나. 건포도로 만든 천연 효모를 이용한 '오리미네 식
빵'은 적당한 탄력과 탄탄한 반죽의 느낌으로 어떤
식재료도 받아들이는 포용력 있는 빵이다. 대표 메
뉴인 '곰돌이 빵'도 귀여운 얼굴을 한 엄청난 크림
빵이다.

주소 도쿄도 추오구 쓰키지 7-10-11
Tel 03-6228-4555
영업시간 10~19시
정기휴일 없음(연말연시 제외)
oriminebakers.com/shops

요시다 과자 도구점 吉田菓子道具店

도쿄·갓파바시에 있는 전문가들도 자주 방문하는
과자 도구 전문점. 전문가에게는 전문가용을, 초보
자에게는 초보자가 사용하기 쉬운 도구를 친절하
고 정중하게 설명해주는 점도 좋다. 짤주머니와 깍
지 외에도 과자 도구는 대부분 여기서 구매했다.

주소 도쿄도 다이토구 니시아사쿠사 2-6-5
Tel 03-3841-3448
영업시간 10~17시
정기휴일 토·일·공휴일

LE CREUSET "Coquelle"

빈티지 '르크루제'의 코켈

파리 출신으로 주로 미국에서 활약한 인더스트리얼 디자이너 레이몬드 로이가 디자인해 1958년에 발매된 'Coquelle - 코켈'의 냄비. 예전에 파리 뱅브의 벼룩시장에서 발견해 구입한 보물이다. 그라탱 플레이트로 만들어졌으며 같은 종류의 레몬 옐로우색 얕은 냄비를 몇 년 후에 다시 발견해 세트로 가지고 있다. 모던한 사각 프레임은 외관의 아름다움 이상으로 양배추 롤 등 다양한 요리에 여기저기 상상 이상으로 편리하게 사용하기 좋다.

이번에 등장하지 않은 보물들

엄마가 이오의 물그릇으로 줬어!

1800년대 후기의 프랑스 도기. 크레이 엣 몽트로 Creil et Montereau

니시무라 마사아키의 손잡이가 달린 타원형 내열 접시

지금은 없는 부르타뉴 가마의 버터 돔

그릇에 대한 고집

밥을 아름답게 담아주는 그릇은 생물 같은 숨결이 느껴져서 국내외를 불문하고 나도 모르게 모으고 만다. 김을 넣은 달걀 샌드위치의 접시는 하야시 다쿠지林拓男(@hayashitakuji_), 포토푀의 큰 사발은 가시와기 치카柏木千楓(@ti_k.ta_k). 이번에는 등장하지 않았지만 니시무라 마사아키西村昌晃(@nishimurasaaki), 이치카와 다카시市川孝(@takashi_ichikawa)의 그릇도 좋아해서 소장하고 있다.

그 외의 서양 접시류는 프랑스 각지의 빈티지나 튀니지의 시장에서 산 쿠스쿠스 접시 등이 있고, 프랑스 각 지방에 있는 민속 예술 가마 작품도 매우 좋아해서 몇 개나 소장하고 있다. 언젠가 프랑스 전역의 도자기 굽는 가마를 돌아보는 것이 꿈이다.

마치며

    내가 요리하는 걸 좋아하는 이유는 '사라지는 것'이기 때문이라고 적었다. 이렇게 마지막 문장을 쓰고 있는 지금, 요리를 먹는 나 자신도 결국 '사라지는 것'이지 않나, 하는 생각이 든다.

    엄마의 기일 1주기를 맞이할 때까지 우리 집 냉동실에는 엄마가 마지막으로 만들어준 카레가 들어있었다. 시중 어디에서나 파는 카레 가루로 만든 평범한 카레지만 엄마가 만든 게 아니면 그 맛이 나지 않는 카레다. 도저히 먹을 수가 없어서 동생들에게 "먹을래?" 하고 물어봤지만 둘 다 고개를 저을 뿐이었다. 그 마음은 내가 가장 잘 안다. 왜냐하면 한 입 먹는 순간, 타임캡슐이 한 번에 열려서 넘치는 생각을 주체할 수 없게 될 것이다.

    카레를 만든 사람은 이 세상에 없는데 카레만 존재하고 있다니. 결국 1주기를 보낸 그날 밤, 엄마의 카레를 저쪽 세상으로 돌

려보냈다. 아마 아버지가 맛있게 드셨으리라 생각한다. 아버지는
엄마의 별 볼 일 없는 카레를 좋아하셨으니까.

카레의 실체는 사라졌지만 나는 지금도 그 맛을 기억한다. 사
라지는 것인 요리는 모양이 사라져도 그 요리를 먹은 사람의 혀
와 마음에 남아 행복한 기억으로 모습을 바꾼다. 그러니까 제대
로 이야기하면 '사라지지 않는 것'이다.

생명이 있는 모든 것이 그렇다면 죽음이 그렇게 두렵지 않다
고 나는 다시 생각했다. 눈에 띄는 대단한 일을 해내지 않으면 사
람들은 대부분 언젠가 잊어버린다. 하지만 매일 마음을 쏟아부으
며 정성스럽게 살았던 일상의 작은 궤적은 눈에 보이지 않는 빛
이 되어 낯선 누군가를 계속 비추고 있다. 요리의 레시피란 그런
것이며 인생의 레시피라고도 말할 수 있을 것이다.

이 책을 써보지 않겠냐고 권유해준 나와 비슷한 또래의 편집자 다나베 마유미田辺真由美 씨에게 감사 인사를 전한다. 삶과 죽음에 대한 생각을 포함해 50대인 지금의 나도 놓치지 않고 한 권의 책으로 만들어주었다. '우리의 재회도 이만큼 강한 운명이었어요!'

사진가 스즈키 요스케鈴木陽介 씨는 기존 요리책이라는 개념을 가볍게 뛰어넘어서 음식도 고양이도 똑같은 생명체로 담아주었다. 무엇이든 맛있게 먹어준 어시스턴트 사와키 료헤이澤木亮平, 요리책으로도 에세이로도 장르를 나누기 어려운 힘을 가진 이 책의 진의를 간파해준 디자이너 와카이 나쓰미若井夏澄, 그리고 여기에 등장하는 모든 사람과 고양이들, 날마다 나를 지탱해주는 사랑하는 사람들에게 이 자리를 빌려 감사 인사를 전한다.

이 책이 늘 당신의 곁에 있기를 바라며.

Happy forever

그럴수록 요리

초판 1쇄 발행 2022년 10월 27일

지은이	네코자와 에미
옮긴이	최서희

펴낸이	이효원
펴낸 곳	언폴드
출판등록	제2020-000142호
주소	서울시 마포구 성지길 25-11, 지층 134호
이메일	unfoldbook0@gmail.com
대표전화	0507-1495-0422
인스타그램	@unfold_editor

ISBN 979-11-971572-6-4 03830